ÉLIZABETH GEORGE

Elizabeth George est née aux États-Unis, dans l'Ohio, et a passé son enfance en Californie. Diplômée en littérature anglaise et en psychopédagogie, elle a enseigné l'anglais pendant treize ans, avant de se consacrer à l'écriture.
Dès son premier roman, *Enquête dans le brouillard* (Grand Prix de littérature policière en 1988), elle s'impose comme un brillant auteur de policiers "à l'anglaise". Elle est l'auteur de dix romans, qui ont tous pour cadre la Grande-Bretagne, et mettent en scène les enquêtes de l'inspecteur Thomas Linley et de sa fidèle adjointe le sergent Barbara Havers, attachés au prestigieux département de police criminelle de Scotland Yard.
Imprégnée de culture anglaise depuis son adolescence, cette Américaine connaît parfaitement l'histoire et la culture britanniques, et séjourne régulièrement en Grande-Bretagne pour faire les repérages nécessaires à la construction de ses romans. Elle vit actuellement près de Los Angeles, où elle accueille des étudiants pour des séminaires d'écriture.

UN PETIT RECONSTITUANT

DU MÊME AUTEUR
CHEZ POCKET

ENQUÊTE DANS LE BROUILLARD
LE LIEU DU CRIME
CÉRÉMONIES BARBARES
UNE DOUCE VENGEANCE
MAL D'ENFANT
UN GOÛT DE CENDRES
LE VISAGE DE L'ENNEMI
LE MEURTRE DE LA FALAISE
UNE PATIENCE D'ANGE
POUR SOLDE DE TOUT COMPTE

ELIZABETH GEORGE

UN PETIT RECONSTITUANT

Traduit de
Dominique Wattwiller

PRESSES DE LA CITÉ

Titre original :
The evidence exposed

ISBN 2-266-11387-9

Pour Rob et Glenda,
amicalement

Sommaire

Adele Manners jeta un dernier coup d'œil à sa chambre. Le lit était fait. Ses vêtements rangés. Rien ne pouvait la trahir.

Satisfaite, elle ferma la porte et descendit l'escalier pour rejoindre ses condisciples à la table du petit déjeuner. La salle à manger bruissait du vacarme de la vaisselle et de la rumeur des conversations. Comme d'habitude, une voix réussissait à émerger du brouhaha, aiguë, insistante, avide d'attirer l'attention.

— Hypoglycémie. Hy-po-gly-cé-mie. Vous connaissez, non ?

Adele se demanda comment quiconque pouvait encore ignorer de quoi il s'agissait car depuis deux semaines qu'elle était avec tout ce petit monde au collège de St-Stephen, Noreen Tucker n'avait pas perdu une seule occasion de disserter sur le sujet. Constatant qu'elle remettait ça une fois de plus, Adele s'apprêtait à s'installer ailleurs avec son assiette de saucisses et d'œufs brouillés lorsque, se retournant, elle tomba nez à nez avec Howard Breen. Ce dernier, dans un sourire, lui proposa : « Vous venez ? » et se dirigea vers l'endroit où trônait Noreen Tucker, sanglée dans un ensemble Laura Ashley qui aurait mieux convenu à une frêle adolescente qu'à un auteur de romans sentimentaux frisant la soixantaine.

Adele eut l'impression d'être prise au piège. Elle avait de la sympathie pour Howard Breen. Dès l'instant où ils avaient — un peu rudement — fait connaissance sur le palier du premier étage de l'escalier L et découvert qu'ils étaient voisins, il s'était montré particulièrement sympathique avec elle. En effet, si une intuition stupéfiante lui avait permis de deviner combien l'apparence placide de sa voisine de chambre était trompeuse, il n'avait pas pour autant essayé d'en profiter pour l'obliger à déballer ses problèmes personnels et lui tirer les vers du nez. C'était une qualité suffisamment rare pour qu'Adele l'apprécie. Aussi suivit-elle Howard.

— L'hypoglycémie est un calvaire, assenait Noreen. Ça vous anéantit. Je souffre le martyre. Si je ne fais pas attention…

Pour lui couper mentalement le sifflet, Adele balaya la pièce du regard et se récita les mots appris pendant les deux semaines de son stage sur les grandes demeures d'Angleterre. Chapiteaux. Pilastres. Fronton. Elle eut un sourire ironique en songeant qu'elle s'était métamorphosée en une véritable encyclopédie d'architecture ambulante au cours de son séjour à Cambridge. Se remplir la tête de termes techniques qu'on n'utiliserait sans doute jamais, c'était une tactique comme une autre pour chasser de son esprit une réalité qu'on ne pouvait regarder en face.

Non, songea-t-elle. Pas question. Pas maintenant. Mais le souvenir de Bob revint pourtant la hanter. Bien que tout fût fini entre eux, qu'elle — et non lui — fût à l'origine de la rupture, elle n'arrivait pas à s'en débarrasser. Et pas davantage à l'enterrer.

Elle avait décidé d'en finir avec leur liaison, mettant ainsi un point final à cinq années d'angoisse, en s'inscrivant à ce stage d'été au collège de St-Stephen dans l'espoir que se frotter à des esprits supérieurs lui permettrait d'oublier les humiliations qu'elle avait connues pendant les cinq ans où elle avait vécu dans l'espoir ridicule qu'un homme marié quitterait sa femme pour elle. Malheureusement, aucune tactique ne réussissait à chasser Bob de sa mémoire, et Noreen Tucker n'était certainement pas l'incarnation de l'intelligence aiguë qu'Adele avait espéré trouver à Cambridge.

Elle serra les dents tandis que Noreen poursuivait :

— Je ne sais pas ce que je serais devenue si Ralph n'avait pas insisté pour que je prenne rendez-vous chez le médecin. J'avais les jambes en coton. Je passais mon temps à tomber dans les pommes. Une fois, j'ai même tourné de l'œil sur l'autoroute. Mais oui, sur l'autoroute ! Si Ralph n'avait pas attrapé le volant... (Noreen frissonna et le ruban de son chapeau de paille en tressaillit.) C'est pour ça que j'ai toujours de quoi grignoter sur moi. Fruits secs, barres énergétiques. Enfin, c'est Ralph qui garde mes petits reconstituants à portée de main. Dix heures, quinze heures, vingt heures : si je ne les mange pas aux heures prévues, je me transforme en loque humaine. N'est-ce pas, Ralph ?

Adele ne fut pas autrement surprise que Ralph ne réponde pas. Les propos de sa femme le laissaient la plupart du temps sans réaction. Pour l'instant, tête baissée, il fixait son bol de céréales.

— Tu n'as pas oublié ma barre vitaminée, Ralph ? fit Noreen Tucker. On va à Abinger

Manor ce matin. Et si j'en crois la brochure, il va falloir drôlement marcher. J'aurai bien besoin de mes fruits secs. Tu n'as pas oublié, hein ?

Ralph fit signe que non.

— Parce que la semaine dernière, excuse-moi de te le rappeler, mon chou, ça t'était bel et bien sorti de l'esprit. Et le chauffeur du car, souviens-toi, ça lui a pas tellement plu de s'arrêter sur le coup de trois heures de l'après-midi pour me permettre de manger un morceau. Alors tu y penseras cette fois ?

— Ton remontant est dans la chambre, chérie. Mais je n'oublierai pas.

— Tant mieux. Parce que...

Noreen avait-elle vraiment l'intention de continuer sur sa lancée ? C'était difficile à croire. Et il était plus difficile encore de croire qu'elle ne se rendait pas compte qu'elle cassait les pieds à tout le monde. Elle n'en continua pas moins à jacasser jusqu'à ce que l'arrivée de Dolly Ragusa vînt faire diversion.

Adele remercia intérieurement la jeune fille. Elle n'aurait pas eu le courage de blâmer Dolly si cette dernière était allée s'asseoir à une autre table. Dolly avait plus que quiconque le droit d'éviter les Tucker car, occupant la chambre qui faisait face à la leur au premier étage de l'escalier M, elle n'ignorait sans doute pratiquement rien des vicissitudes de la santé de Noreen. Les mots « mon pauvre sang » résonnaient encore dans l'air lorsque Dolly se joignit à eux, un feutre noir posé sur ses longs cheveux blonds. Elle fronça le nez, roula les yeux et sourit.

Adele sourit à son tour. Impossible de ne pas trouver Dolly sympathique. C'était la plus jeune des participants du stage sur les grandes demeures anglaises — elle avait vingt-trois ans et était diplômée de l'université de Chicago en histoire de l'art — mais elle évoluait parmi ses aînés avec une assurance tranquille et un dynamisme qu'Adele lui enviait.

Dolly tendait le bras vers le pichet de jus d'orange lorsque Howard Breen dit à Adele :

— Les Clearey ont eu une sacrée engueulade ce matin. A six heures et demie. J'ai cru que Frances allait flanquer Sam par la fenêtre. Vous les avez entendus ?

Breen avait eu beau ne pas parler très fort, Noreen releva néanmoins les yeux de son col marin qu'elle rajustait.

— Une dispute ?

Le ton sur lequel ces deux mots avaient été prononcés montrait que ce détail avait piqué la curiosité de l'écrivain. Elle n'avait pas cherché à cacher sa fascination pour Sam Clearey, botaniste de l'université de Berkeley.

— Je parlais à Adele, lui fit observer Howard sans agressivité aucune. Vous aurez mal entendu.

— Je ne crois pas, rétorqua Noreen. Six heures et demie ? Une dispute ? A quel sujet ?

— Peut-être s'était-il risqué dehors après le couvre-feu, remarqua Adele.

Le pied de Howard heurtant alors le sien sous la table, elle comprit que sa remarque sarcastique était tombée juste.

— Quelle intéressante suggestion ! s'exclama Noreen. Le tout est de savoir s'il était parti traîner en ville ou s'il était au lit avec quelqu'un. Et si oui, avec qui ?

Elle éclata de rire et, ayant fait des yeux le tour de la table, elle fixa pensivement Dolly.

— J'aime ces intrigues de Cambridge, fit Dolly. Ça me rappelle le lycée.

— Les murs ne sont pas épais, ma chère petite, souligna Noreen.

Dolly rit de bon cœur.

— Vous plaisantez, c'est sûr. Voyons, Noreen, il a soixante ans bien sonnés, dit-elle en entortillant une mèche de cheveux autour de son doigt d'un air mutin. Cela dit, il faut reconnaître qu'il est plutôt bel homme pour son âge, n'est-ce pas ? Tous ces cheveux gris.

Et cette façon de s'habiller… Je me demande bien qui a pu le circonvenir ?

— Je l'ai aperçu au bar hier soir avec cette blonde du cours sur Jane Austen, fit Howard Breen.

Noreen pinça les lèvres.

— J'ai du mal à croire que Sam Clearey puisse se laisser piéger par une divorcée de quarante-neuf ans se teignant les cheveux et dotée de surcroît de trois filles adolescentes. Il est professeur d'université, Howard. C'est un homme de goût. Un homme intelligent qui a de l'éducation.

— Merci. C'est de moi que vous parliez, j'imagine ?

Cleve Houghton se glissa près de Dolly Ragusa avec son assiette qui croulait sous les œufs, les saucisses, les tomates grillées et les champignons.

Adele se sentit soulagée de le voir arriver. En mentionnant le fait que Sam Clearey s'était intéressé à une autre femme, Howard Breen avait innocemment provoqué la colère de Noreen. Et cette dernière n'était pas femme à laisser passer sans broncher un tel affront. La présence de Cleve l'empêcha toutefois de donner libre cours à son ire.

— J'ai couru dix kilomètres ce matin, disait Cleve. J'ai pris derrière les collèges jusqu'à Grantchester. Vous devriez essayer, vous autres. Bon Dieu, y a pas mieux comme exercice.

Il rejeta ses cheveux en arrière et contempla Adele avec un sourire paresseux.

— Enfin, c'est ce qu'il y a de mieux après…

Adele devint cramoisie. Elle en écrasa sa serviette dans son poing.

— Seigneur, pas devant les dames, le réprimanda Noreen, dont l'œil était braqué avec gourmandise sur le jeans de Cleve — lequel moulait à mourir des cuisses musculeuses.

Houghton avait cinquante ans mais en paraissait facilement dix de moins.

— Mais bien sûr que si, devant les dames, rétorqua Cleve Houghton. Seule la compagnie des dames peut m'inspirer ce genre de réflexion.

— J'espère bien, déclara Noreen. Il n'y a rien de pire qu'un homme qui s'intéresse à un autre homme, n'est-ce pas ? D'ailleurs, dans un de mes romans, j'aborde ce sujet. Une femme tombe amoureuse d'un homo et le sauve. Et lorsqu'il découvre ce que c'est que d'avoir une femme et d'être normal, il fond. Je l'ai intitulé *Folle Semence de la passion*. « Semence » m'a semblé être le terme qui convenait. N'y a-t-il pas dans la Bible une référence à la semence gaspillée ? Et c'est exactement ce que font les homos. Si vous voulez mon avis, ce qu'il leur faut, c'est une femme-femme et le tour est joué. Vous n'êtes pas d'accord, Howard ?

— J'ignorais que vous aviez fait des recherches dans ce domaine.

— Des recherches, moi ? fit Noreen, une main plaquée sur sa poitrine. Ne soyez pas stupide. Quand un homme et une femme se... on peut raisonnablement supposer que... Mon Dieu, ce n'est tout de même pas à *vous* qu'il va me falloir faire un dessin ? En outre, lorsqu'il crée, un auteur peut se permettre de prendre des libertés avec...

— La réalité ? La vérité ? Quoi ?

Howard n'avait pas élevé le ton mais Adele vit les tendons de sa main se crisper et il y avait gros à parier que ce détail n'avait pas échappé à Noreen.

Tendant le bras au-dessus de la table, Noreen lui tapota la main.

— Avouez-nous tout, Howard. Seriez-vous un de ces libéraux de San Francisco qui comptent une demi-douzaine d'homosexuels parmi leurs amis ? Vous aurais-je offensé ? Je ne suis qu'une fille plutôt vieux jeu qui aime les intrigues sentimentales. Et qui dit intrigues dit grand amour. Et l'amour, ça ne peut exister qu'entre un homme et une femme, ajouta-t-elle en le gratifiant d'un sourire dénué de chaleur. Au cas où vous l'ignoreriez, vous pouvez toujours interroger notre petite Dolly ici présente. Ou bien Cleve. Ou encore Adele.

Howard Breen se mit debout.

— Je m'abstiendrai pour l'instant, si vous voulez bien, fit-il en les plantant là.

— Ouh là là ! Quelle mouche le pique ? fit Dolly Ragusa, fourchette en l'air.

Cleve Houghton leva une main, la laissa retomber en un geste affecté.

— Il y a davantage de chances pour que Howard s'attaque à moi qu'à vous.

— Oh, Cleve ! ricana Noreen Tucker.

Mais la lueur de triomphe méchant qui brillait dans son regard n'échappa pas à Adele. Elle s'excusa et partit à la recherche de Howard.

Elle ne le trouva qu'à 8 h 45, lorsqu'elle alla rejoindre les autres stagiaires massés comme convenu devant le portail de St-Stephen. Il était appuyé contre un pilier et fourrait un pique-nique dans son sac à dos déglingué.

— Ça va ? fit Adele, prenant son en-cas dans le grand carton où le personnel de la cuisine avait stocké les casse-croûte.

— J'ai fait une petite marche le long de la rivière, histoire de me calmer les nerfs.

Malgré l'exercice, Howard ne semblait pas si détendu que cela. Il avait même le visage assez crispé. Sachant pertinemment que c'était un mensonge, Adele lui dit :

— Je ne crois pas qu'elle l'ait fait exprès. De toute évidence, elle ne sait rien vous concernant. Sinon elle n'aurait pas mis le sujet sur le tapis.

Il eut un rire bref.

— Détrompez-vous. C'est une langue de vipère. Elle sait très bien ce qu'elle fait.

— Hé, là-bas, un sourire !

A dix mètres de là, Dolly braquait sur eux son appareil, réglant manifestement son énorme téléobjectif.

— Qu'est-ce que vous photographiez avec cet engin, nos narines ? s'enquit Howard.

Dolly éclata de rire.

— C'est un macrozoom. Grand angle. Gros plan. Il fait tout sauf la vaisselle.

Non loin de là, Cleve Houghton enfilait un pull.

— Pourquoi est-ce que vous vous trimballez avec ce truc ? Ça a l'air rudement lourd.

Dolly le prit en photo avant de répondre.

— Les historiens d'art ne se déplacent jamais sans leur appareil. C'est comme un prolongement naturel de leur personne. C'est à ça qu'on nous reconnaît.

— Je croyais que ces accessoires servaient à identifier les touristes japonais.

Sam Clearey finit sa phrase en contournant la haie d'ifs séparant la cour principale de l'intérieur du collège. Fidèle à son habitude, il était en tweed chic, et ses cheveux gris brillaient. Derrière lui, sa femme avait une tête épouvantable. Yeux injectés de sang et nez bouffi.

A la vue de Frances Clearey, Adele éprouva comme une douleur dans la poitrine : elle venait de reconnaître une compagne de misère. Les hommes sont vraiment des salauds, songea-t-elle. Comme elle s'apprêtait à rejoindre Frances pour lui faire la conversation, Victoria Wilder-Scott dévala l'escalier Q et fonça vers eux, sa planchette porte-document à la main.

— Bien, attaqua-t-elle. Vous avez pris connaissance des brochures ? Et vous avez potassé votre guide des grandes demeures des îles ?

Vous savez donc qu'il y a des dizaines de choses à voir à Abinger Manor. La merveilleuse collection d'argenterie rococo. Les toiles de Gainsborough, Le Brun, Lorrain, Reynolds. Une très jolie toile de Whistler. Les Holbein. Des meubles d'une facture admirable. Sans oublier les jardins, qui sont exquis, et le parc... Voyons, vous n'oubliez rien ? Vos cahiers ? Vos appareils photo ?

— Dolly tire le portrait à tout le monde, fit Howard tandis que Dolly mitraillait leur instructeur.

Victoria Wilder-Scott cligna des yeux et adressa un sourire radieux à la jeune photographe. Dolly était son étudiante préférée et elle n'en faisait pas mystère. Elles avaient la même formation et une passion commune pour les objets d'art.

— Bon. Alors, on y va ? fit Victoria. Tout le monde est là ? Non. Où sont passés les Tucker ?

A cet instant précis, les Tucker se manifestèrent comme par enchantement : Ralph fourrant un sac en plastique plein de fruits secs dans les poches de devant de sa veste de safari tandis que Noreen — qui s'était penchée pour attraper les déjeuners — déballait vivement le sien et faisait la grimace en en découvrant le contenu.

Ses étudiants rassemblés, Victoria Wilder-Scott leur désigna du bout de son parapluie le chemin à suivre pour rejoindre le pont et, après Garret Hostel Lane, le minibus qui les attendait.

Adele crut un instant que Noreen Tucker avait l'intention de profiter du court trajet pour présenter des excuses à Howard car l'auteur de romans roses les rejoignit avec une hâte qui laissait présager une démarche de ce genre. Elle s'aperçut toutefois qu'elle s'était trompée en la voyant s'approcher de Sam Clearey — lequel semblait s'être dit que la compagnie de Howard et d'Adele était préférable au silence hostile de sa femme. Noreen s'empressa de glisser son bras sous celui du botaniste. Puis elle sourit à Howard et Adele, comme pour les inviter à comploter avec elle.

Adele, qui trouvait cette idée écœurante, se sentait déchirée entre l'envie d'accélérer l'allure pour semer Noreen et celle de rester dans l'espoir de protéger Sam. Ce fut ce dernier mouvement qui l'emporta, nettement plus altruiste que le premier. Elle demeura donc en compagnie du petit groupe, s'en voulant de sa gentillesse un peu niaise mais incapable d'abandonner Sam à Noreen, bien qu'il eût largement mérité sa conversation acide. De toute évidence, Noreen préparait déjà les flèches dont elle allait le transpercer.

— Il paraît que vous vous êtes conduit comme un vilain petit garçon la nuit dernière, attaqua Noreen. Les murs ont des oreilles, vous savez.

Sam ne semblait pas d'humeur à ce qu'on le taquine.

— Ils n'ont pas besoin d'oreilles. Frances a de la voix.

— Connaîtrons-nous le nom de la dame qui a eu vos faveurs ? Non, ne dites rien. Laissez-moi deviner.

Noreen lissa ses cheveux coupés au bol et beaucoup trop foncés pour son teint.

— Avez-vous lu les dépliants sur Abinger Manor ? intervint Adele.

Cela ne suffit pas à neutraliser Noreen, qui poursuivit sans même avoir un regard pour Adele :

— Je doute que notre cher Sam ait eu beaucoup de temps à consacrer aux brochures. Les affaires de cœur passent avant la lecture. Demandez donc à Dolly, ajouta-t-elle avec un petit rire étudié.

Devant eux, le rire de Dolly résonna. Elle marchait près de Cleve Houghton, désignant de la main les flèches de Trinity College à droite et agitant vigoureusement la tête pour souligner une remarque qu'elle faisait.

Compte tenu du fait qu'elle tenait Sam, il était surprenant que Noreen change aussi abruptement de sujet et se focalise sur Dolly. Cela ne collait pas avec sa manie d'humilier les gens en public, d'autant que Dolly ne risquait absolument pas de surprendre ses paroles.

— Regardez-les, fit Noreen. Dolly est une aventurière en quête du gros lot et il semble bien qu'elle l'ait touché.

— Cleve Houghton ? s'étonna Howard. Mais il pourrait être son père.

— L'âge n'a rien à voir là-dedans. Il est médecin. Divorcé. Il roule sur l'or. J'ai entendu Dolly soupirer à la vue des diapos que Victoria ne cesse de nous montrer. Les antiquités, les bijoux, les tableaux. Cleve est précisément le genre d'homme capable de lui offrir tout cela. Et il le ferait avec joie, vous pouvez me croire.

— Elle ne semble pas être du genre à… fit Sam Clearey.

Noreen lui serra le bras.

— Quel gentleman vous faites, Sam ! Seulement vous ne les avez pas vus au bar hier soir. Cleve dissertait à n'en plus finir sur la façon de s'y prendre pour conquérir les femmes, il racontait comment, pour parvenir à ses fins, il convenait de sonder leur âme et de solliciter leur intellect alors que, pendant ce temps-là, le bougre mangeait la petite des yeux. Demandez à Adele. Elle était assise près de lui. N'en perdant pas une miette.

Noreen découvrit ses dents en un sourire carnassier et pour la première fois Adele se sentit visée par la méchanceté de cette femme. Un frisson la parcourut : décidément, rien n'échappait à l'œil exercé de Noreen. Car effectivement elle avait écouté Cleve. Et tout entendu.

— La petite Dolly aime jouer les vierges effarouchées, conclut placidement Noreen. Mais si Cleve Houghton court le cent mètres, je suis prête à parier que c'est entre les jambes de notre ingénue. Sa chambre est en face de la mienne, Sam. Et comme je viens de vous le dire, les murs ont des oreilles.

Sam dégagea son bras de celui de Noreen.

— Si vous voulez bien m'excuser, je vais retrouver Frances.

Une fois qu'il eut tourné les talons, Noreen ne vit plus l'utilité de rester en compagnie de Howard et Adele. Elle les abandonna donc pour rejoindre son époux.

— Alors, vous pensez toujours qu'elle n'est pas méchante ? fit Howard.

Adele ne répondant pas, il tourna la tête de son côté.

Elle essaya de sourire, de hausser les épaules, échoua sur toute la ligne et s'en voulut de perdre contenance devant lui. Howard comprit tout de suite.

— Elle vous a blessée.

Le regard d'Adele navigua de Dolly à Cleve puis à Sam. Elle avait reçu le message de Noreen cinq sur cinq. Tout comme Howard au petit déjeuner. Et comme Sam, à l'instant.

— C'est une vipère, reconnut Adele.

Le pire avec Noreen, c'est que sa cruauté réveillait des souvenirs qu'on aurait préféré voir rester soigneusement enfouis. Même s'il n'y avait aucun rapport entre les commentaires de Noreen et le passé, ils obligeaient Adele à se souvenir.

Le minibus progressait tant bien que mal le long de la route étroite. Des panneaux indicateurs défilaient sous leur nez : Little Abington, Linton, Horseheath, Haverhill. Le bruit des conversations mordait sur le monologue de Victoria Wilder-Scott, qui bourdonnait sans trêve à l'avant du car. Adele regardait par la fenêtre.

Elle avait trente et un ans et était divorcée depuis trois ans lorsqu'elle avait rencontré Bob. Lui en avait trente-huit, et il était marié depuis onze ans. Il avait trois enfants et une femme qui cousait, astiquait, repassait, préparait les repas. Une femme loyale, dévouée, qui l'épaulait en toutes circonstances. Mais cette épouse exemplaire était dénuée de passion, avait déclaré Bob. Elle ne savait pas parler à son âme. La seule qui en fût capable, c'était Adele.

Adele le croyait. Le fait d'y croire donnait une autre dimension à ce qui n'aurait été sans cela qu'une liaison sordide. Magnifiée, transposée sur un plan spirituel, leur relation se voyait justifiée. Sanctifiée, même. Ayant trouvé l'âme sœur, elle passa bientôt maître dans l'art de se trouver de bonnes raisons de ne plus pouvoir s'en passer. Cinq années s'étaient ainsi écoulées. Cinq années qui avaient anéanti le peu d'estime qu'elle nourrissait pour elle-même.

Il y avait deux mois maintenant que Bob était sorti de sa vie. Et elle avait l'impression d'être à vif.

« Tu reviendras, lui avait-il dit. Jamais un autre homme ne t'apportera ce que je t'apporte. »

C'était exact. Les circonstances lui avaient donné raison.

— Ça m'étonnerait que vous arriviez à quoi que ce soit dans le bus. Il n'y a pas assez de lumière.

Adele s'arracha à ses ruminations : Cleve Houghton taquinait gentiment Dolly Ragusa. Agenouillée sur le siège de devant, elle braquait son appareil sur le visage du médecin.

— C'est ce qu'on va voir. *Clic.*

— Laissez-moi vous prendre.

— Pas question.

— Allons, fit-il en tendant le bras.

Elle se glissa dans l'allée. Passant de siège en siège, elle se mit à photographier les étudiants à tour de rôle. Ralph Tucker piquant un roupillon, tête calée contre la vitre ; Howard Breen plongé dans la brochure décrivant Abinger Manor ; Sam Clearey quittant le paysage des yeux alors qu'elle le hélait.

A l'avant du minibus, Victoria poursuivait son monologue :

— ... la famille est restée royaliste jusqu'à la fin. Dans la tour nord, vous verrez une sorte de renfoncement, où Charles II fut caché avant de fuir sur le continent. Et, dans la grande galerie, il vous faudra retrouver une porte dérobée soigneusement dissimulée dans les lambris. C'est par cette porte secrète que le roi Charles...

— Qu'est-ce qu'elle croit ? Qu'on sait pas lire ? On sait tout sur les toiles, les meubles, l'argenterie, bon sang, bougonna Noreen en s'examinant dans le miroir de son poudrier.

Faisant disparaître une trace de rouge à lèvres, elle se mit debout, dans l'intention apparemment de rejoindre Sam Clearey, qui était seul.

Mal à l'aise, Adele remua sur son siège. Elle surprit alors Cleve Houghton qui la fixait franchement, la déshabillant du regard pour mieux soupeser ses attraits.

— Quelque chose qui vous tracasse ? fit-il avec un sourire.

Le bavardage de Dolly évita à Adele de répondre. La jeune fille était perchée sur l'accoudoir du siège de Ralph Tucker et elle papotait avec Frances Clearey.

— C'est génial de pouvoir faire ça à deux. Ce stage à Cambridge. J'ai essayé d'entraîner mon petit ami, mais il n'y a pas eu moyen.

Frances Clearey tenta de sourire mais à l'évidence son attention allait à Noreen, qui s'était installée dans le siège voisin de celui de son mari.

— Vous faites ça tous les étés ? poursuivit Dolly.

— C'est la première fois.

Frances jeta un coup d'œil en direction de Noreen qui, éclatant de rire, penchait la tête vers Sam Clearey.

Dolly ayant bougé à ce moment-là, Adele constata qu'elle cachait la vue à Frances.

— Je vais parler de vous à David, mon copain. Pour qu'un mariage marche, il faut que la femme et le mari aient des centres d'intérêt communs. Et qu'ils s'accordent des plages de liberté aussi. Comme vous et Sam. David et moi... C'est fou ce qu'il est possessif.

— Dans ce cas, comment se fait-il qu'il vous ait laissée partir seule ?

— C'est parce qu'il s'agit d'un stage culturel. L'histoire de l'art, ça ne le dérange pas que je m'y intéresse. C'est comme les singes, pour lui. Il est anthropologue. Son truc, c'est les hurleurs.

— Les hurleurs ?

Braquant son appareil, Dolly photographia Frances.

— Les singes hurleurs. C'est l'espèce qu'il étudie, oui. Plus précisément, leurs déjections. Je n'arrête pas de lui demander ce qu'il peut bien attendre des cacas de singe qu'il examine au microscope. Il me répond que les regarder n'est pas le plus dur. Que le plus pénible, c'est surtout de les ramasser.

Frances Clearey sourit. Dolly éclata de rire.

Adele ne put s'empêcher de tirer son chapeau à la jeune fille, qui avait réussi — et avec quelle facilité ! — à arracher Frances à sa morosité, fût-ce pour un instant. Comme c'était astucieux de sa part d'attirer l'attention de Frances sur les aspects positifs de son mariage au lieu de la laisser en ressasser les évidentes faiblesses. C'était une façon de lui dire que Noreen Tucker n'avait aucune importance. Que les autres femmes ne comptaient pas. Que Sam lui appartenait, et à elle seule.

L'attitude de Dolly face à l'existence témoignait d'une saine insouciance. Mais pourquoi en eût-il été autrement ? Son avenir s'annonçait lisse et sans faille. Elle n'avait pas de passé pour la hanter. Elle était si merveilleusement jeune.

— Je vous trouve l'air bien solennel ce matin, fit Cleve Houghton de l'autre côté de l'allée. Cessez donc de vous prendre au sérieux. Amusez-vous. La vie est faite pour être vécue.

La gorge d'Adele se serra. La vie, elle en avait eu bien assez comme ça.

Clic.

— Adele !

C'était Dolly, qui mitraillait de nouveau.

Une fois à destination, Adele sortit de son marasme à la vue d'Abinger Manor. De l'autre côté des douves où flottaient des feuilles de nénuphars, deux tours crénelées se dressaient de part et d'autre de l'entrée principale. A côté de chaque tour, un pignon était sommé d'une cheminée d'une hauteur vertigineuse richement ornée. Des bow-windows ajoutés ultérieurement à la demeure donnaient sur les douves et sur un immense jardin. Ce dernier était bordé d'un côté par une haie d'ifs et, de l'autre, par un muret de brique au pied duquel s'étendait une bordure de lavande, d'asters et d'œillets. Les stagiaires du cours sur les grandes demeures d'Angleterre se dirigèrent vers le jardin car il leur restait un bon quart d'heure avant le début de la visite.

Adele constata qu'ils ne seraient pas seuls à visiter le manoir ce matin-là. Un groupe de touristes allemands qui sortait d'un car se mit en devoir d'imiter Dolly et de mitrailler le jardin et la façade. Deux couples avec enfants pénétrèrent dans le labyrinthe où, se perdant aussitôt, ils se mirent à se héler les uns les autres. Un homme et une femme, tous deux très beaux, s'arrêtèrent au parking dans une Bentley gris métallisé et restèrent à bavarder près des douves. L'espace d'un instant, Adele crut qu'il s'agissait des propriétaires du manoir — ils étaient d'une élégance raffinée et leur véhicule, par son luxe, ne donnait pas spécialement à penser qu'ils faisaient du tourisme. Pourtant ils rejoignirent les autres dans le jardin et, tandis qu'ils passaient près d'Adele, elle surprit des bribes de leur conversation.

— Franchement, Tommy, chéri, je ne me souviens pas d'avoir accepté de venir ici. Est-ce encore une de tes ruses ?

— Les sandwiches au saumon, répondit son compagnon.

— Les sandwiches au saumon ?

— Mais oui, Helen. C'est comme ça que j'ai réussi à te convaincre. La semaine dernière. Le pique-nique. Les sandwiches au saumon. Le stilton. Les tartelettes aux fraises. Le vin blanc.

— Ah, je vois.

Ils rirent doucement. L'homme passa son bras autour des épaules de sa compagne. Il était grand, blond, avec des traits bien ciselés. Elle était mince, brune, le visage ovale. Des amoureux, songea Adele, amère, en se forçant à détourner les yeux.

Lorsque la sonnette retentit, annonçant le début de la visite, Adele, soulagée, se hâta dans l'espoir d'avoir un peu de distraction. Elle était loin de se douter qu'elle allait en avoir, et plus qu'elle ne l'aurait souhaité.

Leur guide était une jeune femme décidée d'une vingtaine d'années avec des boutons sur le menton et des yeux trop maquillés. Elle parlait de façon saccadée. Ils se trouvaient, leur dit-elle, dans le couloir aux paravents. Ils allaient pouvoir en admirer les sculptures. S'ils voulaient bien rester groupés et ne pas chercher à se glisser dans la zone interdite aux visiteurs... Les photos étaient autorisées, mais sans flash.

Tandis que le petit groupe avançait, Adele se trouva coincée entre deux opulentes Allemandes d'un certain âge, qui auraient eu bien besoin d'un bain. Elle respira prudemment et fut soulagée lorsqu'ils débouchèrent dans la Grande Salle, où la foule put se disperser.

C'était une pièce magnifique, qui correspondait exactement à ce que Victoria Wilder-Scott, leur manuel et la brochure d'Abinger

Manor leur avaient promis. Tandis que le guide en énumérait les caractéristiques, Adele examina docilement à tour de rôle le plafond immense à adoucissement, la tribune des musiciens et ses découpes sophistiquées, les tapisseries, les portraits, la cheminée, le sol dallé de marbre. Près d'elle, les appareils étaient braqués et cliquetaient à tout va. Puis, contre son oreille :

— Exactement ce que je cherchais.

Adele sentit son cœur se serrer. Elle avait réussi à éviter Noreen Tucker dans le jardin, après s'être quasiment cassé le nez sur elle et Ralph alors que la romancière était lancée dans un couplet lyrique sur un banc de pierre où les héros de son prochain opus se rencontreraient après les contretemps d'usage.

— Le bal ! C'est là qu'il se tiendra ! poursuivit Noreen, extatique. Oh, je savais qu'on avait eu raison de s'inscrire à ce stage, Ralph !

Adele jeta un coup d'œil à Noreen. Cette dernière plongeait la main dans le sac en plastique qui dépassait de la poche de son mari. Dix heures pile, songea Adele. L'heure de son petit reconstituant. Noreen, tout en mastiquant, murmura :

— Charles et Delfinia s'étreignirent tandis que la musique venue de la tribune les enveloppait de sa caresse. *C'est de la folie, chéri. Il ne faut pas. Nous ne pouvons pas*… Il refusa de l'écouter. *Si, justement. Ce soir.* Alors ils…

Adele s'éloigna, soulagée de quitter la vaste pièce. Les visiteurs montèrent une volée de marches et s'engagèrent dans un couloir tout en longueur.

— Cette galerie est l'une des plus célèbres d'Angleterre, leur annonça leur guide tandis qu'ils se regroupaient derrière la barrière à cordon courant le long de la salle. Elle contient non seulement l'une des plus belles collections d'argenterie rococo — que vous pouvez admirer à gauche de la cheminée sur cette table demi-lune, estampillée Sheraton —, mais aussi un Le Brun, deux Gainsborough, un Reynolds, un Holbein, un délicieux Whistler, et plusieurs toiles d'artistes moins connus. Dans la vitrine à l'autre bout de la pièce vous trouverez un chapeau, des gants et des bas ayant appartenu à la reine Elisabeth Ire. Et voici l'une des caractéristiques les plus intéressantes de l'endroit.

S'approchant de la table Sheraton, elle appuya doucement sur la boiserie murale. Une porte dissimulée dans le mur s'ouvrit.

— C'est ce qu'on appelle une porte dérobée. C'est astucieux, n'est-ce pas ? C'est par là que les domestiques entraient et sortaient, ce qui leur évitait de passer par les pièces où se tenait la société.

Cliquetis d'appareils photo. Murmures des visiteurs se tordant le cou pour mieux voir.

— Vous noterez tout particulièrement...

— Ralph ! hoqueta Noreen Tucker. Ralph !

Adele fut au nombre de ceux qui se retournèrent en entendant ce cri. Noreen se tenait devant le cordon près d'une table en bois d'aigle où était posée une coupe en porcelaine remplie d'un pot-pourri. Elle était d'une pâleur extrême et, les yeux écarquillés, tendait une main tremblante. L'hypoglycémie avait, semblait-il, frappé.

— Nor ? Chérie ? Oh, bon Dieu, son sang...

Ralph Tucker n'eut pas le loisir de terminer sa phrase. Avec un cri inarticulé, Noreen heurta la table et la coupe, renversant son contenu sur le tapis persan. Le cordon de satin fut délogé de ses piquets de soutien tandis que Noreen s'affalait dessus et dégringolait sur le sol.

Adele se trouva immobilisée, bien qu'autour d'elle tout le monde parût bouger en même temps. Elle fut prise dans un mouvement de foule tandis que certains visiteurs se pressaient vers la victime de la chute et que d'autres au contraire reculaient. Quelqu'un cria. Quelqu'un d'autre appela le Seigneur à la rescousse. Trois Allemands sous le choc se laissèrent tomber sur les canapés que ne défendait plus le cordon de protection. On demanda de l'eau. On réclama de l'air.

Ralph Tucker glapit :

— Noreen !

Et se laissa tomber à genoux au milieu des débris de porcelaine et des fleurs séchées du pot-pourri. Il posa la main sur l'épaule de sa femme. Celle-ci était tombée sur le ventre et son chapeau de paille avait roulé sur le tapis.

Adele poussa un cri :

— Cleve. Cleve.

Ce dernier s'approcha, fendant la foule. Il mit Noreen sur le dos, examina son visage, commença à lui faire un massage cardiaque.

— Appelez une ambulance, ordonna-t-il.

Adele pivota pour obtempérer. Leur guide était statufié près de la cheminée, l'œil fixé sur la silhouette allongée comme si elle était responsable de cette situation.

— Une ambulance ! s'écria Adele.

Des voix, des questions fusèrent :

— Est-ce qu'elle est...

— Seigneur, elle ne peut pas être…

— Noreen ! Nor ! Chérie !

— *Sie ist gerade ohnmächtig geworden, nicht wahr…*

— Mais faites venir une ambulance, sacré bon sang ! Restez pas plantée là ! hurla Cleve Houghton au guide.

La jeune femme fila par la porte dérobée et fonça dans l'escalier.

Cleve prit le pouls de Noreen. Lui ouvrant la bouche de force, il se mit à lui faire du bouche-à-bouche.

— Noreen ! gémit Ralph.

— *Kann er nicht etwas unternehmen ?*

— N'y a-t-il personne qui…

— *Schauen Sie sich die Gesichtsfarbe an.*

— Elle a perdu connaissance.

— Inutile.

— *Diese dummen Amerikaner !*

Au milieu de la cohue, Adele vit l'homme blond à la Bentley retirer sa veste et la tendre à sa compagne. Il fendit la foule, s'assit à califourchon sur Noreen et, prenant le relais de Cleve Houghton, s'employa à essayer de la faire respirer.

— Noreen ! Nor !

— Eloignez-le de là !

Adele prit Ralph par le bras, s'efforçant de l'aider à se relever.

— Ralph, laissez-les...

— Elle avait besoin de manger !

Victoria Wilder-Scott les rejoignit.

— Monsieur Tucker, je vous en prie, laissez-leur une chance de...

Le guide refit son apparition dans la pièce.

— J'ai téléphoné...

Elle s'interrompit.

Adele regarda Cleve, qui avait relevé la tête. Impossible de se méprendre sur le sens de sa mimique.

Chacun réagit à l'événement à sa façon. Curiosité, sympathie, panique, dégoût. Il fallait que quelqu'un prenne la situation en main. L'homme blond s'en chargea, coupant l'herbe sous le pied au guide avec ces simples mots :

— Thomas Lynley, de la criminelle de Scotland Yard.

Et de brandir sa carte sous le nez de la jeune femme interdite.

Thomas Lynley eut tôt fait de canaliser tout ce petit monde sans laisser à quiconque le temps de protester ou de poser des questions.

Ils allaient continuer la visite, leur dit-il, de façon à dégager la pièce pour les ambulanciers.

Il resta avec sa compagne, Ralph Tucker, Cleve Houghton et la victime. Adele le vit se pencher, ouvrir le poing crispé de Noreen.

— Crise cardiaque, dit Cleve. J'en ai déjà vu partir comme ça.

Bien que Lynley eût hoché la tête, il ne regarda pas le médecin mais examina le groupe de visiteurs, ses yeux marron les suivant pensivement tandis qu'ils quittaient un à un la salle. Ralph Tucker se laissa tomber sur une fragile bergère. La compagne de Thomas Lynley s'approcha, lui murmura quelques mots à l'oreille, lui posa la main sur l'épaule.

Puis la porte se referma sur eux, et le groupe se retrouva dans le salon à admirer les moulures du remarquable plafond. Ce salon était celui du roi Edouard IV, leur apprit leur guide qui parlait à présent un ton au-dessous ; il avait été baptisé ainsi car la statue d'Edouard IV en surmontait la cheminée. Cette statue n'était pas grandeur nature : contrairement à la plupart de ses contemporains, le roi mesurait en effet plus de un mètre quatre-vingts et n'avait pas besoin qu'on le grandît. En fait, lorsqu'il était entré à cheval dans Londres le 26 février 1460...

Adele se demanda comment la jeune femme faisait pour poursuivre son exposé. Il y avait quelque chose d'indécent dans ses invites à admirer lustres, papiers peints, mobilier du XVIIIe siècle, vases chinois et cheminée à la française. Adele n'éprouvait certes pas de sympathie particulière pour la romancière, mais la mort était la mort et, par respect, ils auraient sûrement mieux fait de renoncer à la visite et de regagner Cambridge. Elle n'arrivait pas à comprendre pourquoi Thomas Lynley ne leur avait pas ordonné de le faire. Ç'aurait été plus humain que de les laisser continuer à arpenter les lieux comme si de rien n'était.

Mais même Ralph avait insisté pour qu'ils poursuivent.

— Continuez la visite, avait-il dit à Victoria lorsqu'elle avait fait mine de rester avec lui dans la galerie. Les gens comptent sur vous.

Il avait parlé comme si la visite d'Abinger Manor était une bataille dont l'issue devait sceller le sort d'une nation. Comme c'était exactement le genre de propos qui « parlait » à Victoria, elle avait obéi.

Tout le monde était agité. Les nerfs menaçaient de lâcher. Adele se dit qu'elle n'était pas la seule à avoir envie de se trouver à des lieues d'Abinger Manor.

Un murmure courut lorsque Cleve Houghton les rejoignit dans la salle à manger d'hiver.

— On vient de l'emmener, murmura-t-il à Adele.

— Et cet homme ? Le policier ?

— Il était toujours dans la galerie lorsque je suis parti. Il a appelé la police locale.

— Pourquoi ? s'enquit Adele. Je l'ai vu regarder... Cleve, vous ne voulez pas dire... Elle avait l'air en bonne santé pourtant, non ?

Les yeux de Cleve se plissèrent.

— Je sais diagnostiquer une crise cardiaque quand j'en vois une. Seigneur, à quoi pensez-vous donc ?

Adele n'en avait pas la moindre idée. Tout ce qu'elle savait, c'est qu'elle avait entrevu sur le visage de Lynley lorsqu'il avait levé le nez des fruits secs de Noreen une expression qui lui avait mis la puce à l'oreille.

Consternation, soupçon, colère, indignation. En tout cas, quelque chose de bizarre. Et si tel était le cas, cela ne pouvait signifier qu'une chose. Adele sentit son estomac se tordre. Elle commença à examiner les autres stagiaires sous un nouvel angle : en tueurs potentiels.

Frances Clearey semblait avoir été arrachée à sa colère du matin contre son époux. Elle se tenait près de lui à le toucher. Peut-être le décès de Noreen lui avait-il fait prendre conscience de la brièveté de l'existence et de l'inanité des querelles. Ou peut-être n'avait-elle plus de raison de se faire du souci maintenant que Noreen avait disparu.

Elle n'était pas venue prendre le petit déjeuner, se souvint Adele, aussi aurait-elle pu se glisser dans la chambre de Noreen pour mettre quelque chose dans ses fruits secs. Particulièrement si elle avait appris que Sam avait passé la nuit en ville avec Noreen. Le désir de faire disparaître une rivale était un excellent mobile.

Mais Sam n'était pas venu lui non plus prendre son petit déjeuner. Il avait donc aussi eu accès aux reconstituants de Noreen. Si Noreen avait eu vent de l'identité de la personne avec qui il avait passé la nuit — et peut-être était-ce à cela qu'elle avait fait allusion ce matin —, Sam s'était peut-être dit qu'il lui fallait la liquider. Surtout si cette personne, c'était elle.

Difficile à croire. Et pourtant, en regardant Sam, Adele constata que la mort de Noreen l'avait considérablement affecté. Sous son hâle, il avait les traits tirés, la bouche crispée. Le regard vague et comme embrumé. La première personne sur laquelle ses yeux se portaient en entrant dans une pièce, c'était Dolly, à croire qu'il puisait du réconfort dans sa beauté.

Dolly était arrivée tard au petit déjeuner : elle aussi avait donc pu toucher aux fruits secs de Noreen. Mais Noreen n'avait pas fourni à Dolly de raison de lui nuire, et les commérages de Noreen sur la jeune fille, à supposer que Dolly les ait surpris, ce qui restait encore à prouver, l'auraient amusée.

Comme ils auraient amusé Cleve Houghton. Amusé, réjoui et flatté. Cleve en fait avait tout intérêt à ce que Noreen reste en vie. Elle lui avait taillé une solide réputation de sex-symbol. D'un autre côté, Cleve était arrivé assez en retard au petit déjeuner lui aussi. Ce qui fait qu'il avait également eu la possibilité de se faufiler dans la chambre des Tucker.

Howard Breen semblait être le seul à ne pas avoir eu le temps de toucher aux provisions de Noreen. Toutefois, songea Adele, il s'était levé de table assez vite et ensuite elle n'avait pas réussi à le trouver.

Tout le monde avait eu l'occasion de tripoter les noisettes et autres raisins secs et d'y ajouter une substance quelconque. Mais quoi ? Et comment s'était-on procuré cette substance ? On n'entrait pas dans une pharmacie à Cambridge pour réclamer un poison rapide. Celui ou celle qui avait touché au reconstituant devait avoir de l'expérience en matière de poisons.

Ils étaient dans la bibliothèque lorsque Thomas Lynley et sa compagne les rejoignirent. Il passa tout le monde en revue. Sa compagne l'imita. Il lui dit quelques mots à voix basse et ils se séparèrent, se postant chacun à un point de la foule. Ils ne prêtaient attention qu'aux visiteurs et à rien d'autre.

De la bibliothèque, ils passèrent dans la chapelle, accompagnés par le bruit de leurs pas, l'écho de la voix du guide et le cliquetis des appareils. Lynley se déplaçait à l'intérieur du groupe sans souffler mot à quiconque si ce n'est à la femme brune qui l'accompagnait, avec laquelle il échangea quelques mots devant la porte. De nouveau, ils se séparèrent.

De la chapelle, ils se rendirent dans l'armurerie. De là, dans la salle de billard. Et de là encore, dans la salle de musique. Puis ils descendirent deux volées de marches et pénétrèrent dans la cuisine. Le cellier avait été transformé en boutique. Les Allemands s'y rendaient et les Américains s'apprêtaient à les imiter lorsque Lynley prit la parole.

— J'aimerais vous voir à tour de rôle, s'il vous plaît, dit-il tandis qu'ils commençaient à se disperser. J'aimerais que vous attendiez un moment dans la cuisine.

Protestations des Allemands. Silence des Américains.

— Nous avons un problème concernant la mort de Noreen Tucker.

— Un problème ? fit Cleve Houghton derrière Adele.

D'autres personnes formulèrent la même remarque.

— Qu'est-ce que vous nous voulez ?

— Que se passe-t-il ?

— C'était une crise cardiaque, affirma Cleve. J'en ai vu suffisamment pour vous dire...

— Moi aussi, fit une voix avec un fort accent. Je suis médecin. Et des crises cardiaques, j'en ai vu.

Celui qui venait de parler était un Allemand qui semblait furieux de voir la visite de nouveau interrompue.

Lynley tendit la main. Sur sa paume, des graines.

— Ça ressemblait à une crise cardiaque. Les alcaloïdes paralysent le cœur en quelques minutes. Ces graines sont des graines d'if.

— D'if ?

— Qu'est-ce que l'if...

— Mais elle n'aurait pas...

Les yeux d'Adele étaient braqués sur la paume de Lynley. Des graines. Des plantes. C'était horrible. Elle évita soigneusement de regarder la personne qui, seule de tous ceux qui se trouvaient dans la cuisine, connaissait les propriétés toxiques de l'if.

— Ça vient sûrement du pot-pourri, remarqua Victoria. Il s'est répandu sur le tapis lorsque Mme Tucker est tombée.

Lynley fit non de la tête.

- On les a retrouvées avec les fruits secs dans sa main. Et le sac que transportait son mari en était plein. Elle a été assassinée.

Les Allemands se répandirent en protestations bruyantes. Le médecin notamment :

— Nous n'avons rien à voir dans cette histoire. Cette femme, nous ne la connaissions même pas. Laissez-nous partir.

— Volontiers, fit Lynley. Dès que nous aurons élucidé le mystère de l'argenterie.

— Qu'est-ce que vous racontez ?

— Il semble que l'un d'entre vous ait profité du remue-ménage dans la galerie pour s'emparer de deux pièces d'argenterie rococo posées sur la table jouxtant la cheminée. Des salières. Minuscules. Qui se sont volatilisées.

Je ne suis pas sur mon terrain, c'est vrai. Mais en attendant l'arrivée de la police locale, j'aimerais m'occuper moi-même de cette histoire.

— Que comptez-vous faire ? s'enquit Frances Clearey.

— Vous comptez nous garder là en attendant que l'un d'entre nous avoue ? ironisa le médecin allemand.

— Vous ne pouvez pas nous fouiller sans autorisation.

— Exact, concéda Lynley. Vous allez donc me la donner.

Bruit de pieds raclant le sol. Quelqu'un s'éclaircit la gorge. Conversations fébriles en allemand.

Cleve Houghton fut le premier à prendre la parole :

— Je n'y vois pas d'objection.

— Mais les femmes… fit Victoria.

Lynley adressa un signe à sa compagne, qui se tenait devant un alignement de bouilloires en cuivre.

— Je vous présente Lady Helen Clyde, leur dit-il. Elle se chargera de fouiller les dames.

Avec un ensemble parfait, les visiteurs se tournèrent vers la compagne de Lynley, qui braquait vers eux le regard amical de ses yeux bruns. Ç'aurait été absurde de refuser de coopérer avec une aussi ravissante créature.

La fouille se déroula dans deux pièces distinctes : pour les femmes, dans l'arrière-cuisine ; pour les hommes, dans un grand débarras. Lady Helen fit les choses à fond. Elle observa les dames qui se déshabillaient et se rhabillaient. Elle vida poches, sacs à main, fourre-tout. Elle inspecta les doublures des imperméables. Ouvrit les parapluies. Tout en papotant pour les mettre à l'aise. Elle posa aux Américaines des questions sur le stage, sur Cambridge, sur les demeures qu'elles avaient visitées et le lieu d'où elles venaient. Elle confia aux Allemands avoir passé deux semaines en Forêt-Noire un été et leur avoua ne pas raffoler de la vie au grand air. A aucun moment elle ne prononça le mot meurtre. S'il n'y avait pas eu la fouille, ils auraient pu être des gens qui se retrouvaient par hasard autour d'une tasse de thé. Pourtant Adele se rendit compte que Lady Helen, avec sa gentillesse et sa bonne éducation, était d'une efficacité redoutable. Si elle ne travaillait pas elle-même pour la police — et rien ne donnait à penser qu'elle fût employée par Scotland Yard —, elle était à coup sûr très au fait des manières de procéder de ces messieurs.

Néanmoins, elle ne trouva rien. Et, apparemment, Lynley non plus. Lorsque femmes et hommes furent rassemblés de nouveau dans la cuisine, Adele le vit faire non de la tête en regardant Lady Helen. Si l'argenterie avait été volée, aucun des visiteurs ne l'avait sur lui. Même Victoria Wilder-Scott et le guide avaient été fouillés.

Lynley leur demanda d'attendre dans le salon de thé. Il fit demi-tour et se dirigea vers l'escalier au fond de la cuisine.

— Où va-t-il maintenant ? questionna Frances Clearey.

— Chercher les salières dans le reste de la maison, fit Adele.

— Mais il y en a pour des heures ! protesta Dolly.

— Quelle importance ? De toute façon il va falloir qu'on attende la police locale. Ils voudront sûrement nous interroger.

— C'était une crise cardiaque, fit Cleve. L'argenterie n'a pas disparu. On doit être en train de la nettoyer dans un coin.

Adele resta en arrière du groupe, qui traversait la cour pavée. Elle était mal à l'aise. Cette sensation désagréable durait depuis le matin. Elle l'avait éprouvée en entendant Noreen Tucker jacasser au petit déjeuner, puis dans le minibus à l'aller, et enfin au manoir depuis leur arrivée à Abinger. Comme au jeu de trouver l'erreur, il y avait quelque chose qui n'allait pas. Et, si elle le sentait, elle n'arrivait pas à voir de quoi il s'agissait.

Ses pensées se mirent à vagabonder et à se télescoper sans rime ni raison, à la manière d'images d'un kaléidoscope. Haies d'ifs dans la cour du collège de St-Stephen. Violente dispute entre Sam et Frances Clearey. Les murs ont des oreilles. L'argenterie. Photographiée dans leur manuel. Sur la brochure. Dolly voulait Cleve. Elle adorait les antiquités. Sam Clearey aimait les femmes, il aimait la blonde du cours sur Jane Austen, il aimait…

Une fois de plus, Adele vit Lady Helen passer leurs affaires en revue. Vidant, tâtant, touchant, examinant tout. Elle la vit faire non de la tête en direction de Lynley. Elle vit Lynley froncer les sourcils.

Les deux groupes entrèrent dans le salon de thé et se séparèrent. Les Américains se postèrent au fond devant une table de réfectoire. Les Allemands allèrent faire la queue pour avoir du café et des gâteaux.

— Victoria, on pourra regagner Cambridge ? demanda Frances. Quand tout ça sera fini, je veux dire. Je sais qu'on a une autre visite prévue après le manoir, mais on pourrait peut-être laisser tomber, non ?

Victoria se montrait hésitante.

— Ralph tenait à ce que nous…

— Au diable Ralph Tucker ! s'écria Sam. Allons, Victoria, ça suffit comme ça.

— Et le minibus ? Le salaire du chauffeur…

— Cotisons-nous et donnons-lui un bon pourboire, suggéra Dolly en posant son appareil sur la table.

Et c'est à cet instant-là qu'Adele comprit. Ce que Noreen Tucker avait dit pendant qu'ils se dirigeaient vers le bus. La cause de son inquiétude pendant le trajet jusqu'à Abinger Manor. Elle reconnut ce qu'elle avait vu sans le voir dès l'instant où ils avaient atteint le manoir. La clé, c'était le chiffre trente-six. Sa découverte la rendit presque malade. Thomas Lynley était parti des faits pour faire une supposition.

Mais Lynley avait tort.

Elle se leva et abandonna le groupe. On l'appela mais elle poursuivit son chemin. Elle découvrit Lynley dans le salon, donnant des ordres à trois ouvriers qui rampaient sur le parquet.

Comment puis-je faire une chose pareille ? se demanda-t-elle. *Pourquoi ? Alors que l'avenir était une ardoise vierge où n'étaient écrits que l'espoir et le succès ? Pourquoi ?*

Lynley releva la tête. Lady Helen Clyde l'imita. Adele n'eut même pas besoin de parler. Ils la rejoignirent et la suivirent jusqu'au salon de thé.

— Que se passe-t-il ? voulut savoir Cleve.

Adele ne lui accorda pas un regard.

— Dolly, donnez votre appareil à l'inspecteur.

Les yeux bleus de Dolly s'écarquillèrent.

— Je ne comprends pas.

— Donnez-lui votre appareil, Dolly. Qu'il regarde l'objectif.

— Mais vous...

Lynley souleva l'appareil que la jeune fille portait en bandoulière. La courroie était équipée sur toute sa longueur de réceptacles de toile destinés à abriter des réserves de pellicule. Adele avait remarqué ce détail, elle l'avait remarqué et n'y avait pas prêté attention. De même qu'elle n'avait pas prêté attention non plus au fait qu'il n'y avait pas de pellicule dans le sac de Dolly. Ni dans ses poches. Si elle avait mitraillé toute la matinée sans avoir mis de film en place, c'était pour cacher la raison pour laquelle elle avait emporté l'appareil au manoir.

Lynley dévissa le zoom. Qui avait été évidé. Deux pièces d'argenterie s'échappèrent de la cachette.

Howard se laissa tomber sur le siège voisin d'Adele.

— Ça va ?

— Ça va.

Elle n'avait pas envie de parler. Elle avait l'impression d'être Judas. Elle voulait rentrer chez elle. Ne pas penser à Dolly que la police avait emmenée.

— Comment avez-vous su que c'était Dolly ?

— Elle prenait trop de photos. Et sans jamais remettre de pellicule. Et pour cause, de la pellicule, il n'y en avait pas dans son appareil. Il n'était pas chargé.

— Mais Noreen... Pourquoi Dolly...

Adele avait l'impression que ses membres étaient gourds.

— Je crois qu'elle se fichait pas mal de Noreen. Elle pensait que les graines d'if la rendraient malade, que ça créerait une diversion pour lui laisser le temps de subtiliser l'argenterie.

— Comment pouvait-elle connaître les effets de l'if ?

— Sam. Il ne s'est pas demandé pourquoi elle l'interrogeait. Il n'a pensé qu'à son âge, à l'effet que ça ferait d'avoir une jeune femme comme elle dans son lit.

Ça aussi, c'était dur à avaler. Se dire que si Dolly avait engagé la conversation avec Frances au sujet de son mariage, c'était par calcul. Pour créer une autre diversion.

— Sam et Dolly ? fit Howard en regardant Cleve qui sommeillait de l'autre côté de l'allée, les yeux mi-clos. Je croyais que Cleve... quand Noreen nous a dit que Cleve parlait la nuit dernière de séduire les femmes...

— C'est à moi qu'elle parlait. De moi. Cleve n'était pas avec Noreen la nuit dernière, Howard.

Adele regarda par la vitre sans mot dire. Au bout d'un instant, Howard s'éloigna.

« Je vais t'enterrer, Bob, s'était-elle dit, et avec Cleve Houghton. C'est de cette façon que je vais mettre un terme à notre histoire. » Alors elle avait bu au bar avec le médecin, elle s'était promenée le long de la rivière, l'avait écouté parler, elle avait fait semblant de le trouver intéressant et charmant, de voir en lui un homme de passion, une âme sœur destinée à remplacer Bob. Et lorsqu'il lui avait clairement montré qu'il la désirait, elle ne s'était pas dérobée. Empoignades frénétiques, accouplement dans l'urgence, corps d'homme dans son lit. Pour se sentir vivre, se sentir désirée, se sentir digne d'exister. Mais pas pour enterrer Bob. Ça ne s'était pas passé comme ça.

— Hé !

Adele fit mine de ne pas entendre, mais Cleve traversa l'allée et se laissa tomber sur le siège voisin. Il tenait une flasque à la main.

— Vous avez l'air de quelqu'un qui aurait besoin de boire un coup. Bon Dieu, moi aussi, j'en avalerais bien une rasade.

Il but et baissant la voix :

— A ce soir ?

Adele leva les yeux, s'efforçant sans succès de plaquer sur son visage les traits d'un autre homme.

— Alors ? fit-il.

Bien sûr, songea-t-elle. Pourquoi pas ? Quelle différence cela pouvait-il faire ? La vie n'était-elle pas éphémère et la jeunesse dénuée de sens ?

— D'accord. A ce soir.

MOI, RICHARD

Malcolm Cousins grogna malgré lui. Etant donné les circonstances, ça n'était pas vraiment le bruit qu'il convenait d'émettre. Un soupir de plaisir ou même un gémissement de satisfaction auraient été nettement plus appropriés. Seulement la vérité était simple et force lui était de la regarder en face : ses performances sexuelles n'étaient plus celles de l'artiste qu'il avait été. Il avait connu une époque où même les marathoniennes de la baise ne lui faisaient pas peur. Mais cette époque avait disparu comme avaient disparu ses cheveux. Et, à quarante-neuf ans, il s'estimait heureux lorsqu'il parvenait à l'avoir en l'air — et à s'en servir — deux fois par semaine.

Il se sépara de Betsy Perryman et retomba lourdement sur le dos. Ses lombaires pulsaient telles des peaux de tambour et le plaisir incertain qu'il avait tiré des charmes pléthoriques et gorgés de parfum de Betsy n'était plus qu'un souvenir lointain. Seigneur Dieu, songea-t-il avec un hoquet. La fin justifiait-elle vraiment les moyens ?

Par chance, Betsy prit grognement et hoquet comme elle prenait toutes choses. S'allongeant sur le côté, tête appuyée sur la paume, elle l'observa d'un petit air qui se voulait modeste et réservé. Betsy ne tenait pas à ce qu'il se doute qu'elle le considérait comme la bouée de sauvetage qui l'arracherait à son mariage — le quatrième en date —, et Malcolm n'était que trop heureux de feindre l'ignorance. Parfois il avait du mal à se rappeler ce qu'il était censé savoir et ce qu'il était censé ignorer ; toutefois il avait découvert qu'il existait un moyen bien simple — même s'il était redoutable pour ses lombaires — d'apaiser les doutes que nourrissait Betsy quant à sa sincérité.

Elle attrapa le drap froissé, le remonta et tendit une main potelée. Elle caressa son crâne dégarni et lui adressa un sourire paresseux.

— Je sais plus si je te l'ai déjà dit, Malc. Mais c'est la première fois que je me fais un chauve.

Si elle le lui avait dit ? Chaque fois qu'ils le faisaient — comme elle le disait si poétiquement. Il songea à Cora, la chienne épagneul qu'il avait adorée dans son enfance, et au souvenir de l'animal une expression émue et parfaitement adaptée aux circonstances illumina son visage. Il prit la main de Betsy et lui embrassa les doigts l'un après l'autre.

— T'en as jamais assez, polisson. T'es vraiment unique dans ton genre, Malc.

Elle s'approcha de lui dans le lit jusqu'à ce que ses seins opulents ne soient plus qu'à un centimètre de son visage. A cette distance, son décolleté, qui ressemblait comme deux gouttes d'eau aux gorges de Cheddar, était à peu près aussi sexy. Mon Dieu, se dit-il, allait-il devoir repartir pour un tour ? A cette cadence, à cinquante ans, il serait un homme mort. Et guère plus près de son objectif.

Il enfouit le nez dans les profondeurs étouffantes des mamelles, prenant soin d'émettre les bruits libidineux adéquats. Après quelques suçotements bien sentis, il fit celui dont le regard venait de tomber sur sa montre posée sur la table de chevet.

— Nom d'un pétard ! fit-il en empoignant sa montre pour mieux la consulter. Betsy, tu te rends compte ? Il est onze heures. Quand je pense que j'ai dit à ces Australiens que je les retrouverais à Bosworth Field à midi... Faut que je me magne.

Ce qu'il fit, se levant avant qu'elle eût le temps de protester. Tandis qu'il passait en hâte sa robe de chambre, le visage crispé par la concentration, elle lança :

— Quels Australiens ?

Elle se redressa, cheveux blonds emmêlés et poissés de sueur, maquillage en déroute.

— Je t'en ai parlé la semaine dernière.

— Oh... Moi qui croyais qu'on pourrait pique-niquer aujourd'hui, fit-elle avec une moue.

Il prit la direction de la salle de bains. Pas question de se pointer puant le sexe et le Shalimar.

— Par ce temps ? Où croyais-tu pouvoir pique-niquer en janvier ? Tu n'entends donc pas le vent ? Il fait un froid de canard.

— Au lit, pardi. Avec du miel et de la crème. C'était ton fantasme. Tu t'en souviens pas ?

Il marqua une pause sur le seuil. Il n'aimait pas du tout le ton de la question. Comme s'il s'en souvenait... Il lui en avait raconté des vertes et des pas mûres en deux ans de liaison. Mais il avait pratiquement tout oublié au fur et à mesure. Cependant la seule solution était de jouer le jeu.

— Du miel et de la crème ? soupira-t-il. Tu as apporté du miel et de la crème ? Oh, nom de Dieu, Bets... (Retour rapide au lit. Examen à coups de langue frénétiques de la denture de la belle. Petit passage obligé entre les cuisses moites.) Tu vas me rendre dingue, bébé. Je vais me trimballer toute la journée à Bosworth avec une bite comme un tisonnier.

— Bien fait pour toi, fit-elle, guillerette, en tendant le bras vers son bas-ventre.

Il lui attrapa la main au vol.

— Y a pas à dire, t'aimes ça.

— Pas plus que toi.

Il lui suça de nouveau les doigts.

— Plus tard, fit-il. Je vais faire faire le tour du champ de bataille au trot à ces Australiens et si tu es encore là... Je ne te fais pas de dessin.

— Plus tard, il sera trop tard. Bernie me croit chez le boucher.

Malcolm la gratifia d'un regard peiné pour bien lui montrer que la pensée de son imbécile de mari — qui était son plus vieil ami et le meilleur — lui déchirait l'âme.

— Eh bien, il y aura d'autres occasions. Des centaines d'autres occasions. Avec du miel et de la crème. Du caviar. Des huîtres. Je t'ai dit ce que j'avais l'intention de faire, avec les huîtres ?

— Quoi ?

Il sourit.

— Attends, tu seras pas déçue.

Il battit en retraite dans la salle de bains, où il ouvrit l'eau de la douche. Comme d'habitude, un ridicule ruisselet d'eau tiédasse jaillit. Malcolm se dépouilla de sa robe de chambre, frissonna, et pesta en songeant à son sort. Vingt-cinq ans à enseigner l'histoire dans un collège paumé de campagne à des voyous boutonneux qui ne s'intéressaient à rien si ce n'est à la gratification immédiate de leurs désirs malsains, et tout ça pour quoi ? Pour se retrouver nanti d'une bicoque minable à deux pas du collège de Gloucester. D'une Vauxhall déglinguée sans même un pneu de secours. D'une maîtresse mariée avec un goût marqué pour les ébats épicés. D'une passion pour un roi depuis longtemps défunt qui — il se l'était promis — lui permettrait d'assurer son avenir. Le moyen était si proche, à quelques centimètres à peine de sa portée. Une fois qu'il aurait assis sa réputation, les contrats avec les éditeurs, les conférences, les propositions alléchantes suivraient.

— Merde ! brailla-t-il tandis que l'eau passait sans transition de chaude à bouillante. Et re-merde ! fit-il en tripotant fébrilement les robinets.

— Ça t'apprendra, fit Betsy du seuil. Tu es un vilain garçon et les vilains garçons méritent d'être punis.

Clignant furieusement des yeux, il loucha dans sa direction. La garce avait enfilé sa plus belle chemise de flanelle — celle qu'il comptait mettre pour faire la visite de Bosworth —, et, appuyée contre le chambranle, elle s'efforçait de prendre une pose sexy. L'ignorant, il poursuivit sa toilette. Elle semblait décidée à ce qu'il passe une dernière fois sous ses fourches caudines avant de partir. « Pas question, Bets, lui dit-il en silence. Faut quand même pas pousser. »

— Je te comprends pas, Malc. Tu es bien le seul homme de la création à préférer crapahuter dans un champ boueux avec une troupe de touristes alors que tu pourrais te blottir douillettement au lit en compagnie de la femme que tu dis aimer.

— Avec la femme que j'aime, rectifia Malcolm automatiquement.

La monotonie de leurs conversations d'après le coït commençait à l'agacer sérieusement.

— Vraiment ? J'ai parfois l'impression que tu aimes ton roi Trucmachin nettement plus que moi.

« Eh bien, c'est sans doute que Richard est infiniment plus intéressant », songea Malcolm.

— Ne sois pas bête, trésor. Faut tout de même que je pense à arrondir notre petit pécule.

— On n'a pas besoin de pécule, Malc. Je te l'ai dit cent fois. On a le…

— Et en outre, coupa-t-il vivement, c'est une expérience enrichissante. Une fois que le livre sera terminé, il y aura des interviews, des apparitions à la télé, des conférences. Il faut que je m'entraîne. J'ai besoin (sourire charmeur dans sa direction) d'un public plus nourri. Une personne, ça n'est pas suffisant, ma caille. Pense à ce que ce sera, Bets. Cambridge, Oxford, Harvard, la Sorbonne. Tu crois que cela te plaira, le Massachusetts ? Et la France ?

— Bernie a de nouveau des problèmes de cœur, Malc, fit Betsy en passant lascivement le doigt le long du chambranle.

— Vraiment ? fit Malcolm tout guilleret. Pauvre vieux Bernie. Pauvre type.

Bernie constituait un problème qu'il convenait évidemment de résoudre. Mais Malcolm faisait confiance à Betsy Perryman. Dans les doux instants d'après l'amour, émoustillée par deux doigts de champagne bon marché, elle lui avait confié que chacun de ses mariages lui avait permis de faire un bond en avant par rapport au précédent, et il ne fallait pas être grand clerc pour se dire que renoncer à un mariage avec un alcoolique notoire — aussi aimable fût-il — pour entretenir une liaison avec un enseignant sur le point de découvrir un pan d'histoire médiévale capable de révolutionner le pays constituait un pas dans la bonne direction. Betsy saurait se montrer à la hauteur : elle manœuvrerait Bernie. Ce n'était qu'une question de temps.

Le divorce était exclu, bien sûr. Malcolm avait pris soin de lui mettre les points sur les *i* et il lui avait fait comprendre que s'il était fou amoureux et désireux de vivre avec elle, il ne pouvait pas davantage lui demander de partager son existence frugale qu'il ne pouvait s'attendre à ce que la future princesse de Galles se mette à habiter un studio exigu sur la rive sud de la Tamise. Non seulement il se garderait de le lui demander mais il refusait d'envisager une telle solution. Betsy — sa bien-aimée — méritait bien plus que ce qu'il pouvait lui offrir. Mais quand il aurait réussi, Bets adorée... Ou si, ce qu'à Dieu ne plaise, quelque chose venait à arriver à Bernie... Ces propos, du moins il l'espérait, suffisaient à allumer un brasier dans la masse spongieuse de son pauvre cerveau.

Malcolm n'éprouvait pas le moindre remords en songeant au décès de Bernie Perryman. Certes, leurs mères étaient des amies d'enfance et à ce titre ils se connaissaient depuis toujours. Mais ils s'étaient un peu perdus de vue à la fin de l'adolescence, quand Bernie — qui n'avait pas réussi à décrocher le diplôme de fin d'études secondaires — avait dû rester à la ferme familiale tandis que Malcolm, plus heureux, était allé à l'université. Et après ça, ma foi, la différence de niveau culturel les avait encore éloignés, car communiquer avec les anciens copains qui ont laissé tomber les études n'est pas chose facile. Malcolm ayant en outre constaté à son retour de la fac que son vieil ami avait vendu son âme à la gnôle et plus précisément au Black Bush, il s'était demandé quel était l'intérêt de renouer avec le pochetron du coin. Pourtant il se plaisait à penser qu'il avait quand même eu pitié de Bernie. Une fois par mois, des années durant, il s'était rendu à la ferme le soir pour jouer aux échecs avec son ancien camarade et l'écouter divaguer à propos de leur enfance et des occasions manquées.

C'était d'ailleurs comme ça qu'il avait appris l'existence du Legs, ainsi que Bernie l'avait baptisé. Et pour pouvoir mettre la main dessus, depuis deux ans maintenant, il baisait la femme de Bernie. Betsy et Bernie n'avaient pas d'enfants. Bernie était le dernier de la lignée. Le Legs devait donc revenir à Betsy. Et Betsy le transmettrait à Malcolm. Elle ne le savait pas encore. Mais elle l'apprendrait en temps voulu.

Malcolm sourit, songeant au coup de pouce que le legs de Bernie donnerait à sa carrière. Il y avait dix ans qu'il travaillait à ce qu'il avait surnommé la « Délivrance de Dick » — une réhabilitation de Richard III — et, une fois le legs en sa possession, son avenir serait assuré. Tout en roulant vers Bosworth et les Australiens partisans du roi Richard qui l'attendaient sur place, il récita la première ligne de l'avant-dernier chapitre de son opus. « C'est avec la prétendue disparition d'Edouard le Bâtard, duc de Pembroke et de March, et de Richard, duc d'York, que les historiens ont commencé à se fier à des sources dénaturées car intéressées. »

Seigneur, ça c'était de la belle prose, songea-t-il. Et ce qui était encore mieux, c'est que c'était la vérité.

Le car était déjà là lorsque Malcolm pénétra dans le parking de Bosworth Field. Ses occupants avaient eu l'imprudence d'en descendre. Pour la plupart de sexe féminin et, ô tristesse, d'un âge quasi canonique, ils formaient un cercle grelottant ainsi abandonnés tels des moutons sous la bise qui soufflait violemment. Lorsque Malcolm sortit de son véhicule, une des touristes se détacha du groupe et s'avança à grandes enjambées vers lui. C'était une femme grande et forte, nettement plus jeune que ses compagnes, ce qui laissa un instant espérer à Malcolm qu'il pourrait lui faire un peu de charme. C'est alors qu'il embrassa d'un coup d'œil sa coupe de cheveux virile, ses chevilles éléphantesques, ses mollets massifs et la planchette porte-document qu'elle tenait à la main. Une accompagnatrice doublée d'une lesbienne qui en veut à la terre entière. Charmant mélange.

Il lui adressa néanmoins un sourire rayonnant.

— Désolé, fit-il d'une belle voix chantante. Des ennuis de mécanique.

— Dites donc, mon vieux, rétorqua-t-elle avec l'accent nasal de l'Australienne bon teint.

Quand on dit que la visite commence à midi, c'est que la visite commence à midi. Comment ça se fait que vous êtes en retard ? Bon Dieu, on se croirait en Sibérie, ici. On va crever de froid si ça continue. Allez, mon petit père, au boulot et au trot.

Pivotant, elle fit signe à ses troupes de la rejoindre au bord du parking, d'où partait la piste contournant le champ de bataille.

Malcolm fonça pour ne pas se laisser distancer. Ses pourboires lui passeraient sous le nez s'il ne faisait pas attention et il allait donc devoir se faire pardonner son retard en les éblouissant de son brio.

— Oui, fit-il avec une jovialité de commande tandis qu'il rattrapait l'accompagnatrice. C'est étonnant que vous mentionniez la Sibérie, Miss... ?

— Sludgecur[1], fit-elle, le défiant de réagir.

— Ah, oui. Miss Sludgecur, bien sûr. Comme je vous le disais, c'est incroyable que vous ayez mentionné la Sibérie, car cette partie de l'Angleterre est la plus élevée à l'ouest de l'Oural. D'où les températures voisines de

1. Gueule de boue. *(N.d.T.)*

celles de Moscou. Vous imaginez ce que ça pouvait être au XVe siècle lorsque...

— Je ne suis pas venue ici pour suivre un cours de météorologie. Mettez-vous au travail avant que ces dames se gèlent les miches.

Ces dames pouffèrent et se serrèrent les unes contre les autres. Elles avaient des visages d'octogénaires, de vraies pommes flétries, et elles surveillaient Sludgecur avec l'admiration d'enfants qui ont vu leurs parents affronter toutes sortes d'adversaires et les envoyer au tapis sans cérémonie.

— Oui, fit Malcolm, c'est principalement à cause du temps que le champ de bataille est fermé en hiver. Nous avons fait une exception pour votre groupe parce que ce sont des partisans de Richard. Et quand des consœurs et des confrères font le voyage jusqu'à Bosworth, le moins qu'on puisse faire, c'est se mettre en quatre pour leur être agréable. C'est encore la meilleure façon de propager la vérité, vous en conviendrez avec moi.

— Qu'est-ce que vous racontez, bon Dieu ? s'exclama Sludgecur. Qu'est-ce que c'est que ces histoires de confrères et de consœurs ?

Malcolm aurait dû se douter alors que la visite n'allait pas se dérouler aussi facilement qu'il l'avait escompté.

— Les Richardiens, fit-il en souriant aux vieilles dames. Les personnes qui sont persuadées de l'innocence de Richard III.

Sludgecur le fixa comme s'il lui était soudain poussé des ailes.

— Quoi ? Ce que vous avez devant vous, mon vieux, c'est le groupe qui s'intéresse à la Grande-Bretagne romanesque. Jane Eyre, ce putain de Rochester, Heathcliff et Cathy, Maxim de Winter. Ce qui nous passionne, nous, c'est l'amour sur le champ de bataille et on a bien l'intention d'en avoir pour notre pognon. Vu ?

L'argent était tout ce qui leur importait. Et le fait qu'elles payaient était la raison pour laquelle Malcolm se trouvait là. Mais, bon sang, est-ce que ces amateurs de romanesque savaient seulement pourquoi elles étaient là ? Savaient-elles — se préoccupaient-elles de savoir — que le dernier roi à avoir trouvé la mort au combat avait été tué à moins d'un kilomètre et demi de cet endroit ? Et que s'il avait connu cette fin, c'était à cause de la rébellion, de la traîtrise et de la trahison ? Apparemment, non. Ce n'était pas pour soutenir Richard qu'elles étaient là. Elles se trouvaient là parce que ça faisait partie d'un lot. L'amour sans espoir, l'amour fervent avaient déjà été traités. Et maintenant il était censé leur concocter des récits d'amour tragique qui les inciteraient à se délester de quelques livres au terme de la visite. Bon, parfait. C'était dans ses cordes.

Malcolm ne repensa à Betsy qu'une fois devant le premier panneau indiquant la position du roi Richard au début de la bataille. Tandis que ses touristes prenaient des photos de l'étendard au sanglier blanc fixé au mât marquant l'emplacement du campement du roi, Malcolm jeta un regard vers les bâtiments en ruine de Windsong Farm qui se dressaient au sommet de la colline voisine. Il voyait la maison, il voyait la voiture de Betsy dans la cour de la ferme. Il imaginait la suite.

Bernie n'aurait pas remarqué qu'il avait fallu trois heures et demie à son épouse pour acheter du bœuf haché au marché de Bosworth. Il était près de midi et demi et sans nul doute il devait être à sa place habituelle — à la table de la cuisine — à travailler à l'une de ses maquettes de formule 1. Les pièces devaient être étalées devant lui et il avait peut-être réussi à en fixer une ou deux sur la carrosserie avant que les tremblements ne s'emparent de ses doigts et qu'il ne doive avaler une dose de Black Bush pour les faire cesser. Une dose avait dû l'amener à s'en servir une autre et ainsi de suite jusqu'à ce qu'il soit trop imbibé pour manipuler convenablement un tube de colle.

Il y avait toutes les chances de croire qu'il s'était affalé sur le modèle réduit. On était samedi et il était censé travailler à l'église Saint-James, qu'il récurait et décorait pour l'office du dimanche. Seulement le pauvre Bernie ne devait pas savoir quel jour on était et il ne le saurait que lorsque Betsy rentrerait, jetterait le bœuf haché sur la table près de son oreille, l'arrachant en sursaut à son somme aviné.

Lorsqu'il relèverait la tête, Betsy distinguerait sur sa joue la marque de la voiture, ce qui ne manquerait pas de l'écœurer. Et, en songeant à Malcolm qu'elle venait de quitter, elle n'en ressentirait qu'avec plus d'acuité l'injustice de sa situation.

— Tu es allé à l'église ? demanderait-elle à Bernie. (C'était le seul travail qu'il réussissait à accomplir. En huit générations, pas un seul Perryman n'avait en effet daigné travailler la terre de la famille.) Le Père Naughton n'est pas comme les autres, Bernie. Il ne va pas supporter éternellement tes excentricités sous prétexte que tu es un Perryman. Faut que tu t'occupes de l'église et du cimetière aujourd'hui. Et il serait temps que tu t'y mettes, crois-moi.

Bernie n'avait jamais été un alcoolique agressif et ce n'était pas maintenant qu'il allait commencer à se rebiffer.

— J'y vais, mon petit cœur. Mais j'ai une soif de tous les diables. J'ai la gorge comme de l'amadou, bébé.

Et de lui adresser le sourire qui avait en son temps fait fondre Betsy lorsqu'ils s'étaient connus à Blackpool. Ce sourire la rappellerait à ses devoirs d'épouse, bien qu'elle sortît pour ainsi dire des bras de Malcolm. Malcolm n'y voyait rien à redire, au contraire : il ne voulait pas que Betsy oublie son devoir.

Alors elle demanderait à Bernie s'il avait pris ses médicaments et, comme Bernie Perryman ne faisait jamais rien — excepté boire — sans qu'on le lui eût rappelé une dizaine de fois, il répondrait que non. Betsy irait donc chercher les pilules et les déposerait au creux de sa paume. Et Bernie les prendrait docilement avant de sortir en titubant — sans sa veste comme d'habitude — puis gagnerait l'église Saint-James pour y vaquer à ses occupations.

Betsy le hélerait pour lui dire de prendre sa veste mais Bernie ferait la sourde oreille. Sa femme crierait : « Bernie ! Tu vas attraper la mort... » pour soudain s'arrêter net. Car la mort de Bernie, c'était exactement ce qu'elle attendait pour pouvoir être avec son bien-aimé.

Alors son regard s'arrêterait sur le flacon de pilules qu'elle aurait encore à la main et elle lirait l'étiquette : *Digitoxine. Ne pas dépasser la dose d'un comprimé par jour sans consulter votre médecin.*

Peut-être qu'à cet instant elle se souviendrait des explications du praticien : « Ça fonctionne comme de la digitale, vous en avez sûrement entendu parler. Une overdose le tuerait, madame Perryman. Soyez donc très prudente et veillez à ce qu'il n'en prenne jamais plus d'un comprimé. »

Jamais plus d'un comprimé, l'injonction devait résonner à ses oreilles. Sa petite séance de jambes en l'air matinale avec Malcolm devait encore être bien présente à son esprit. Elle ferait tomber un comprimé dans le creux de sa main et l'examinerait. Elle se mettrait à songer à un moyen d'organiser son avenir.

Tout heureux, Malcolm se détourna de la ferme pour reporter son attention sur les amies de Richard. Tout se déroulait comme prévu.

— De cet endroit, expliqua-t-il à son auditoire décati mais néanmoins enthousiaste d'amateurs d'histoires d'amour sur les champs de bataille, nous distinguons le village de Sutton Cheney au nord-est.

Toutes les têtes pivotèrent dans la direction indiquée. Ces dames, même si elles se gelaient les accessoires intimes, avaient le bon goût d'être obéissantes. A l'exception de Sludgecur, qui, à supposer qu'elle possédât des parties génitales, devait les avoir emmitouflées dans un caleçon long et qui paraissait le mettre au défi de composer une histoire romantique se déroulant dans le cadre de la bataille de Bosworth. « Parfait, songea-t-il, le moment est venu de relever le défi. » Du romanesque, il allait leur en donner. Et en prime un pan d'histoire qui changerait leur vie. Ces Australiennes cacochymes n'étaient peut-être pas des richardiennes pures et dures lorsqu'elles avaient débarqué à Bosworth, mais elles iraient grossir les rangs des partisans de Richard lorsqu'elles repartiraient. Et, une fois de retour dans leur lointain pays, elles raconteraient à leurs petits-enfants que c'était Malcolm Cousins — le vrai, l'unique Malcolm Cousins, préciseraient-elles — qui leur avait fait le premier prendre conscience de l'horrible injustice qu'on avait fait subir à la mémoire du roi défunt.

— C'est dans le village de Sutton Cheney, dans l'église Saint-James, que le roi Richard a prié la nuit précédant la bataille, entonna Malcolm. Je vous laisse imaginer ce que dut être cette nuit.

De là, il se mit en pilotage automatique. Il y avait plusieurs années qu'il servait de guide aux touristes visitant Bosworth et cette histoire, il l'avait racontée un nombre incalculable de fois. Il ne lui restait aujourd'hui qu'à forcer sur l'aspect romantique — ce qui ne devait pas être trop compliqué.

Les troupes du roi — grosses de douze mille hommes — campaient au sommet d'Ambion Hill, à l'endroit où Malcolm Cousins et ses visiteuses transies se tenaient présentement. Le roi savait que le lendemain scellerait son destin : ou il continuerait de régner sous le nom de Richard III, ou sa couronne lui serait enlevée pour être portée par un parvenu qui avait passé presque toute sa vie sur le Continent, chouchouté par des intrigants n'ayant d'autre ambition que de détruire la dynastie des York. Le roi devait bien savoir que son sort reposait entre les mains des frères Stanley : Sir William et Thomas, Lord Stanley. Ils étaient arrivés à Bosworth avec une armée imposante et campaient au nord, non loin du roi, mais également

— ce qui était inquiétant — non loin de l'adversaire acharné du roi, Henri Tudor, comte de Richmond, qui se trouvait en outre être le beau-fils de Lord Stanley. Pour être sûr que le père lui resterait fidèle, le roi Richard avait pris en otage l'un des fils par le sang de Lord Stanley — lui assurant que la vie de cet enfant serait le gage à payer si, trahissant le roi d'Angleterre, il joignait ses forces à celles de Tudor dans la bataille qui allait s'engager. Les Stanley, cependant, étaient gens retors et avaient maintes fois prouvé qu'ils ne se souciaient que de leurs intérêts personnels, aussi — qu'il détînt ou non George Stanley en otage — le roi devait-il savoir quel risque il courait en confiant la sécurité de son trône au bon vouloir d'hommes uniquement préoccupés d'eux-mêmes.

La nuit d'avant la bataille, Richard avait dû voir les Stanley camper au nord, vers Market Bosworth. Il avait dû leur envoyer un messager pour leur rappeler que George Stanley étant encore retenu en otage par ses soins, dans le campement même, la sagesse voulait qu'ils épousent le sort du roi le lendemain.

Il avait dû être fort agité, Richard, cette nuit-là. Déchiré, même. Après avoir perdu d'abord son fils et héritier puis son épouse pendant son bref règne, après avoir dû faire face à la trahison d'amis jadis chers à son cœur, comment imaginer qu'il ne se soit pas demandé — ne serait-ce que fugacement — s'il en avait encore pour longtemps ? Et, versé dans la religion de son époque, comment imaginer qu'il pût ignorer que le désespoir était un grand péché ? Partant de là, comment ne pas se douter de ce qu'il avait décidé de faire la nuit précédant la bataille ?

Malcolm embrassa son groupe du regard. Oui, çà et là, il distinguait des yeux embués. Le romanesque de la situation ne leur avait pas échappé dans l'histoire de ce roi veuf qui, outre sa femme, avait perdu son héritier et était de surcroît à deux doigts de perdre la vie.

Malcolm adressa un regard victorieux à Sludgecur, qui arborait une expression du genre : « Vous avez de la chance, n'en abusez pas. »

Seulement, elle se gourait. La chance n'avait rien à voir là-dedans. C'était l'effet magique de la vérité. Le vent avait redoublé d'intensité, la température chuté d'encore quelques degrés, mais la petite troupe d'Australiennes sur le retour était sous le charme de cette nuit d'août 1485.

La veille de la bataille, leur dit Malcolm, sachant que s'il perdait, il mourrait, Richard avait dû chercher à se confesser. L'histoire nous apprend qu'il n'y avait pas de prêtres ou d'aumôniers disponibles parmi les troupes de Richard, il ne lui restait donc qu'à essayer de dénicher un confesseur à Saint-James. L'église devait être silencieuse lorsque Richard y était entré. Un cierge brûlait peut-être dans la nef, mais ce devait être à peu près le seul éclairage. Pour tout bruit dans l'édifice, les pas de Richard s'approchant de l'autel devant lequel il s'était agenouillé, le friselis de son justaucorps — doublé de satin, précisa Malcolm, qui savait l'importance que les esprits romanesques accordent à ce genre de détail —, le grincement de ses bottes de cuir et de son fourreau, le bruit métallique de son épée et de sa dague tandis qu'il...

— Bonté divine, lança une romantique amie de Richard, quelle sorte d'homme faut-il être pour pénétrer armé dans une église ?

Malcolm y alla de son sourire le plus séduisant. « Un homme, songea-t-il, et qui a de sacrées bonnes raisons de se trimballer avec des armes. » Mais à voix haute il poursuivit :

— C'est un peu inhabituel, c'est vrai. On n'imagine pas qu'on puisse entrer armé dans une église, n'est-ce pas ? Mais c'était la nuit d'avant la bataille. Les ennemis de Richard étaient partout. Il ne se serait pas déplacé dans l'obscurité sans protection.

Personne ne savait si le roi portait sa couronne cette nuit-là, poursuivit Malcolm. Mais ce qui est sûr, c'est qu'à supposer qu'un prêtre se fût trouvé là pour l'entendre en confession, ce même prêtre avait laissé Richard à ses prières après lui avoir donné l'absolution. Et là, dans l'obscurité quasi totale de cette nef, Richard fit la paix avec le Seigneur son Dieu et se prépara à accueillir le sort que lui réserverait le lendemain.

Malcolm balaya des yeux son auditoire, évaluant ses réactions. A l'évidence on buvait ses paroles. Sans doute ces dames se demandaient-elles combien elles lui laisseraient de pourboire pour sa prestation magistrale sous cette bise mordante.

Ses prières terminées, leur apprit Malcolm, Richard avait sorti épée et dague du fourreau, et les avait posées sur le rugueux banc de bois où il s'était assis. Et, dans l'église, le roi Richard avait dressé ses plans pour le cas où le parvenu remporterait la victoire le lendemain. Car Richard savait qu'il était et avait toujours été en position dominante par rapport à Henri Tudor. De son vivant, parce qu'il était un chef d'armée victorieux. Et après sa mort, parce qu'il serait la seule force capable de détruire l'usurpateur.

— Doux Jésus, murmura une dame, impressionnée.

Oui, l'auditoire de Malcolm était en phase avec le romanesque. Dieu merci.

Richard III, leur dit-il, n'ignorait pas les machinations ourdies par Henri Tudor et Elisabeth Woodville — veuve de son frère Edouard IV et mère des jeunes princes qu'il avait fait enfermer dans la Tour de Londres.

— Les princes de la Tour, chuchota une autre voix. C'est pas les petits garçons qui…

— Tout à fait, opina solennellement Malcolm. Les propres neveux de Richard.

Le roi devait savoir que, fidèle à sa stratégie qui consistait à faire feu de tout bois, Elisabeth Woodville avait promis la main de sa fille aînée à Tudor s'il remportait la couronne d'Angleterre. Mais si Tudor s'emparait de la couronne le lendemain, Richard savait également que tout homme, femme ou enfant possédant une goutte du sang des York dans ses veines se trouvait en passe d'être définitivement éliminé du fait de son statut de prétendant potentiel au trône. Et cela valait pour les enfants d'Elisabeth Woodville.

Lui-même régnait par droit de succession et conformément à la loi. Descendant direct et — qui plus est — légitime d'Edouard III, il avait accédé au trône après la mort de son frère Edouard IV lorsque avait été révélée la promesse secrète de mariage conclue entre le libidineux Edouard et une autre femme, bien avant ses noces avec Elisabeth Woodville. Cette promesse de mariage avait été faite en présence d'un évêque. Tant et si bien qu'elle équivalait à un mariage célébré en grande pompe devant un millier de témoins et faisait d'Edouard, lorsqu'il avait par la suite épousé Elisabeth Woodville, un bigame, et de leurs enfants des bâtards.

Henri Tudor savait que les enfants avaient été déclarés illégitimes par un acte du Parlement. Il devait également savoir que, s'il sortait vainqueur de sa confrontation avec Richard III, ses prétentions injustifiées au trône d'Angleterre ne seraient guère consolidées par un mariage avec la bâtarde d'un roi défunt. Aussi se trouverait-il dans l'obligation de faire quelque chose concernant son illégitimité.

Le roi Richard avait dû aboutir à cette conclusion lorsqu'il avait appris que Tudor avait promis d'épouser la jeune fille. Il devait aussi savoir que la légitimation d'Elisabeth d'York entraînerait celle de ses sœurs et... de ses frères. Impossible en effet de déclarer l'aîné d'un roi défunt légitime tout en prétendant que ses frères et sœurs ne l'étaient pas.

Malcolm marqua une pause dramatique au milieu de son récit. Il attendit de voir si les amies du romanesque rassemblées autour de lui allaient piger. Elles sourirent, hochèrent la tête, le considérèrent avec bienveillance, mais aucune ne souffla mot. Aussi Malcolm se chargea-t-il de leur mettre les points sur les *i*.

— Si Henri Tudor légitimait Elisabeth d'York avant de l'épouser, fit-il avec patience afin d'être sûr que son auditoire se pénétrait bien des détails romanesques de l'affaire, il légitimait du même coup ses frères. Et s'il faisait cela, l'aîné des garçons...

— Bonté divine, susurra une voix. L'aîné des garçons serait devenu le véritable roi une fois Richard mort.

« Félicitations, ma grande », songea Malcolm qui tout haut s'écria :

— Exactement !

— Dites donc, mon vieux, intervint alors Sludgecur dont les replis du cerveau semblaient soudain avoir été frappés par un rai de lumière. Je la connais, cette histoire, et Richard a tué lui-même ces petits branleurs alors qu'ils étaient enfermés dans la Tour.

Encore une qui avait mordu à l'hameçon des Tudor, se dit Richard. Cinq cents ans plus tard, cet infâme parvenu gallois roulait encore son monde dans la farine. Vivement que son bouquin sorte : ce jour-là, l'histoire de Richard récrite par ses soins marquerait le triomphe de la vérité sur la casuistique Tudor.

S'armant d'une patience d'ange, il se mit en devoir d'expliquer. La tradition voulait que les princes de la Tour — les deux fils d'Edouard IV — aient été assassinés par leur oncle Richard III afin de consolider sa position de roi. Mais les meurtres n'avaient jamais eu de témoin, et comme Richard était roi grâce à une loi du Parlement, il n'avait pas de raison de les tuer. Et comme il n'avait pas d'héritier direct au trône — son propre fils étant décédé —, quel meilleur moyen de s'assurer que le trône restait entre les mains des York que de proclamer les deux princes légitimes… après sa propre mort ? Cela ne pouvait se faire que sur décret papal, mais Richard avait envoyé deux émissaires à Rome et pourquoi les avoir envoyés si loin si ce n'était pour préparer la légitimation des jeunes garçons qui avaient été spoliés de leurs droits par la conduite lascive de leur père ?

— Les petits étaient censés être morts, poursuivit Malcolm. Mais cette rumeur, détail intéressant, ne vit le jour qu'avant l'invasion de l'Angleterre par Henri Tudor. Il voulait être roi mais ne pouvait prétendre au trône. Il lui fallait donc discréditer le monarque en place. Et pour cela pouvait-on imaginer un moyen plus efficace que de faire courir le bruit que les princes — qui avaient disparu de la Tour — étaient en fait morts ? Seulement, mesdames, je vous pose la question : et à supposer qu'ils ne l'aient pas été ?

Murmure approbateur dans le groupe. Malcolm, surprenant une des représentantes du troisième âge qui disait : « Il a de bien beaux yeux », les tourna aussitôt dans sa direction. Ç'aurait pu être sa grand-mère. Et en plus, elle avait l'air pleine aux as. Il en remit donc une couche côté charme.

— Supposez que les deux enfants aient été retirés de la Tour par Richard, mis en sécurité en prévision d'un éventuel soulèvement ? Si Henri Tudor l'emportait à Bosworth, les garçonnets seraient en grand danger, et le roi Richard ne l'ignorait pas. Tudor était promis à leur sœur. Pour l'épouser, il devait la déclarer légitime. Sa légitimation légitimait de facto les enfants. Et une fois légitimés, l'un d'entre eux

— en l'occurrence le jeune Edouard — devenait le vrai, le légitime roi d'Angleterre. La seule façon pour Tudor d'empêcher cela, c'était de s'en débarrasser. Une fois pour toutes.

Malcolm leur laissa le temps d'assimiler. Il remarqua que nombre de têtes chenues se tournaient vers Sutton Cheney. Puis vers la vallée nord où flottait au bout de son mât l'étendard des séditieux Stanley. Puis vers Ambion Hill où le vent impitoyable faisait claquer le sanglier blanc de Richard. Puis le long de la pente vers l'endroit où les mercenaires Tudor avaient jadis déployé leurs maigres rangs. Moins nombreux, moins bien armés, ils devaient attendre les Stanley pour passer à l'action : pour le roi Richard ou contre lui. Si les Stanley ne se joignaient pas aux Tudor, la bataille était perdue.

Les mamies, comme Malcolm put le constater, suivaient attentivement. Seule Sludgecur faisait de la résistance.

— Comment Tudor a-t-il réussi à les tuer s'ils n'étaient plus dans la Tour ?

Elle s'administrait de grandes claques sur les bras, faute sans doute de pouvoir lui marteler le visage à coups de poing.

— Il ne les a pas tués, fit Malcolm, suave. Même si ses empreintes machiavéliques sont partout sur le crime. Non. Tudor ne s'est pas sali les mains. Il a fait pire, je le crains. Avançons, mesdames, et continuons la discussion.

— Il a un beau petit cul, aussi, fit une autre voix. Sacrément sexy, ce type.

Ah, elles lui mangeaient dans la main. Malcolm sentit une douce chaleur l'envahir : n'était-il pas un redoutable séducteur ?

Betsy, il le savait, il en était sûr, suivait la scène de la ferme, de la chambre du premier donnant sur le champ de bataille. Comment pouvait-il en être autrement après la matinée qu'ils avaient passée en compagnie l'un de l'autre ? Elle devait voir Malcolm piloter ses troupes de site en site, constater que ces dames étaient suspendues à ses lèvres et, forcément, se rappeler que moins de deux heures plus tôt elle-même, éperdue et pantelante, était pendue à son cou. Elle devait être obnubilée par le contraste entre son abruti d'ivrogne de mari et son vaillant amant.

Ce qui devait lui permettre de se rendre compte que Bernie ne la méritait décidément pas. Après tout, se disait-elle sans doute, à quarante ans, elle était dans la fleur de l'âge. Elle méritait mieux qu'un Bernie. Elle méritait, en réalité, un homme conscient du dessein de Dieu lorsqu'il avait créé le premier homme et la première femme. Il s'était servi de la côte d'Adam pour cela, n'est-ce pas ? Montrant ainsi que femmes et hommes étaient indissolublement liés, que les femmes tiraient forme et substance de leurs hommes, vivaient pour servir leurs hommes, moyennant quoi ces derniers — dotés d'une force supérieure à celle de leurs compagnes — leur devaient en contrepartie gîte et protection. Bernie Perryman n'avait jamais compris qu'un aspect de la situation. Elle — Betsy — devait le servir, le soigner, le nourrir, veiller à son bien-être. Tandis que lui — Bernie — était censé ne rien faire. Oh, il lui arrivait de temps à autre d'essayer de l'enfiler quand par hasard l'envie le prenait et qu'il réussissait à avoir la gaule suffisamment longtemps. Mais le whisky l'avait depuis longtemps privé de la possibilité d'honorer les dames. Quant à comprendre ses aspirations profondes et les satisfaire… mieux valait tirer un trait là-dessus.

Malcolm aimait se représenter Betsy ainsi : seule dans sa chambrette à la ferme, remâchant de justes griefs contre son époux. Lasse de ressasser, elle aboutirait forcément à la conclusion que Malcolm Cousins était l'homme qui lui était destiné, et elle comprendrait que toutes les liaisons qu'elle avait eues jusque-là ne constituaient que le prologue à ce qu'elle vivait avec lui désormais. Malcolm et elle, se dirait-elle, étaient faits l'un pour l'autre.

En observant ses allées et venues sur le champ de bataille, elle se souviendrait de leur première rencontre et de l'électricité qui avait crépité entre eux le jour même où Betsy était entrée au collège de Gloucester comme secrétaire du principal. Elle se rappellerait l'étincelle qui avait jailli lorsque Malcolm avait dit d'un air admiratif : « La femme de Bernie Perryman ? Ce vieux Bernie, quel cachottier, et moi qui croyais qu'on n'avait pas de secrets l'un pour l'autre. » Et elle, du fond de son bonheur tout neuf et inconsciente de la menace que faisait peser sur ce bonheur la fâcheuse propension de Bernie à boire plus que de raison, de lui demander, rosissante : « Vous connaissez Bernie ? » La réponse de Malcolm, elle ne risquait pas de l'avoir oubliée. « Ça fait des années que je le connais. On a grandi ensemble, fréquenté l'école ensemble, arpenté la campagne ensemble pendant les vacances. On s'est même partagé la première femme avec laquelle on a couché (elle se remémorerait son sourire), autant dire qu'on est des frères de sang. Mais j'ai l'impression que dorénavant nos relations vont quelque peu souffrir, Betsy. » Là-dessus, il l'avait fixée dans le blanc des yeux, le temps qu'elle se rende compte que son bonheur de jeune mariée n'était peut-être pas aussi intense que le regard dont il la gratifiait.

De la chambre du haut, elle verrait que le petit groupe piloté par Malcolm comportait presque essentiellement des femmes, et elle commencerait à se faire du mauvais sang. De son poste d'observation, incapable compte tenu de la distance de se rendre compte que l'auditoire de Malcolm avait pour ainsi dire un pied dans la tombe, elle ne manquerait pas de s'inquiéter. Qu'est-ce qui empêchait l'une de ces femmes de tomber sous le charme de son amant ?

Ces pensées la rongeraient de désespoir, ce qui était le but recherché depuis des mois par Malcolm, qui lui chuchotait aux moments les plus tendres : « Mon Dieu, si j'avais su ce que c'était que de t'avoir enfin... Et de te désirer maintenant complètement... » Et de pleurer dans ses cheveux, de lui avouer la culpabilité et le désespoir qui l'envahissaient chaque fois qu'il étreignait délicieusement l'épouse de son vieux camarade. « Je ne peux pas supporter l'idée de lui faire du mal, Bets. Si toi et lui deviez divorcer... Je ne me pardonnerais jamais d'avoir trahi notre amitié. »

Tout cela, oui, elle se le rappellerait dans la chambre de la ferme, son front brûlant contre la vitre glacée. Ils avaient passé trois heures ensemble ce matin-là mais ce n'était pas suffisant. Cela ne lui suffirait jamais de se cacher comme ça, de feindre l'indifférence lorsqu'ils se croisaient à Gloucester. Tant qu'ils ne formeraient pas un couple — au sens juridique du terme et pas seulement physique, émotionnel, spirituel et mental —, jamais elle ne connaîtrait la paix.

Seulement Bernie faisait obstacle à son bonheur. Bernie Perryman qui s'était mis à boire sous l'empire de la peur que la maladie congénitale qui avait emporté son grand-père, son père et ses deux frères avant leur quarante-cinquième anniversaire l'enlève lui aussi. « J'ai le cœur fragile, lui avait-il dit sans aucun doute pour justifier son inaction des trente dernières années. Il bat pas comme il devrait. Faut que je fasse attention. Que je prenne mes pilules. »

Toutefois, si Betsy ne rappelait pas à son mari de les prendre, il était fichu d'oublier, de même qu'il était capable d'oublier la raison pour laquelle on les lui avait prescrites. C'était presque comme s'il était poussé par le désir de mourir. Comme s'il attendait le moment de débarrasser le plancher pour lui rendre sa liberté.

Et, une fois qu'elle serait libre, songerait Betsy, le legs serait à elle. Et ce legs était la clé de son avenir avec Malcolm. Car une fois en possession du legs, Malcolm et elle pourraient se marier et son amant pourrait plaquer son job peu lucratif à Gloucester. En mesure alors de se consacrer à sa recherche, à ses travaux, à ses conférences, il serait éperdu de gratitude envers elle qui lui avait permis de mener cette nouvelle vie. Eperdu de gratitude, il n'aurait de cesse de combler ses désirs.

Ce qui, devait-elle se dire, était bien dans l'ordre des choses.

Au Plantagenêt, le pub de Sutton Cheney, Malcolm avait compté ses pourboires. Il s'était donné à fond ce matin mais le troisième âge australien n'avait pas été généreux. Il s'était retrouvé avec, en poche, un total de quarante livres pour la visite-conférence — maigre butin compte tenu de la somme de renseignements qu'il leur avait communiquée — et vingt-cinq livres de pourboires. Heureusement que la pièce d'une livre existait, conclut-il, morose.

Sans quoi les vieilles garces dans leur radinerie crasse ne se seraient sans doute délestées que de pièces de cinquante pence.

Il empocha l'argent tandis que la porte du pub s'ouvrait, laissant entrer une bouffée d'air glacial. Près de lui, les flammes du feu tremblotèrent. Des cendres voletèrent dans l'âtre. Malcolm leva les yeux. Vêtu seulement de bottes de cow-boy, d'un jeans bleu et d'un tee-shirt siglé Ferrari, Bernie Perryman effectua une entrée titubante dans l'établissement. Malcolm tenta de se faire tout petit, mais sans résultat. Son séjour prolongé sur le champ de bataille et un besoin impérieux de se réchauffer lui avaient fait choisir une place près de la cheminée. Ce qui le mettait en plein dans la ligne de mire de Bernie.

— Malkie ! s'écria joyeusement Bernie, qui poursuivit selon les bonnes habitudes : Malkie, mon vieux ! Une petite partie d'échecs ? Ça me manque, nos parties, ça me manque drôlement. (Il frissonna et s'administra des claques sur les bras. Ses lèvres étaient presque bleues.) Bordel de merde, quel froid ! Sers-moi un Blackie, ordonna-t-il au tenancier. Un double, et que ça saute. (Il sourit et se laissa tomber sur le tabouret à la table de Malcolm.) Alors, ton bouquin, ça prend tournure, Malkie ? T'as dégoté un éditeur ?

Malcolm décida de tirer un trait sur la culpabilité qu'il lui arrivait d'éprouver à l'idée qu'il tringlait consciencieusement la femme de cet alcoolique chaque fois que sa carcasse de quadragénaire se montrait à la hauteur. Bernie Perryman méritait d'être cocu, il ne l'avait pas volé : c'était sa punition pour les tourments qu'il infligeait à Malcolm depuis dix ans.

— Tu t'es jamais remis de cette dernière partie, pas vrai ? fit Bernie avec un nouveau sourire. (On lui servit son Black Bush qu'il expédia d'une lampée.) Ah, ça fait du bien. (Et d'en commander un autre aussi sec.) Où t'en es de ton histoire, Malkie ? Ça va être coton pour le prouver, pas vrai, vieille branche ?

Malcolm compta jusqu'à dix. Bernie siffla le second verre qu'on venait de lui apporter.

— Mais je te taquine, c'est pas sympa, fit Bernie dans un de ces accès de remords soudains dont les alcooliques ont le secret. Tu m'as jamais fait de crasses. Sauf le jour où t'as passé ton diplôme de fin d'études et pas moi. Et y a pas de raisons que je t'en fasse. Au contraire : je te souhaite de réussir. Si, si. C'est seulement que les choses se passent pas toujours comme on le souhaiterait, pas vrai ?

Sur ce point, Malcolm ne pouvait lui donner tort. Les choses — pour reprendre le terme utilisé par Bernie — ne s'étaient pas non plus très bien passées pour Richard, en ce matin fatal à Bosworth Field. Le comte de Northumberland l'avait laissé tomber, les Stanley l'avaient trahi et un parvenu qui n'avait ni la capacité ni le courage d'affronter personnellement le roi en un combat décisif avait remporté la bataille.

— Tu raconteras ta théorie à Bern une autre fois. C'est pas que je l'aime pas, cette histoire. Je l'aime, je t'assure. Je regrette simplement que tu puisses pas la prouver. Ce livre, ça serait ta consécration. Ça fait combien de temps que tu travailles au manuscrit ?

Bernie passa un doigt crasseux sur le fond de son verre pour récupérer les dernières gouttes de son breuvage favori. Il s'essuya la bouche d'un revers de main. Il ne s'était pas rasé. Il n'avait pas dû prendre de bain depuis des jours. L'espace d'un instant, Malcolm eut presque mal au cœur pour Betsy qui devait cohabiter avec cet odieux bonhomme.

— J'en suis à Elisabeth d'York, dit Malcolm d'un ton aussi affable que possible compte tenu de l'antipathie qu'il éprouvait pour Bernie. La fille d'Edouard IV. Future épouse du roi d'Angleterre.

Bernie sourit, découvrant des dents qui auraient eu besoin d'un bon brossage. Peste, je l'oublie toujours, celle-là, Malkie. Comment ça se fait, à ton avis ?

C'était parce qu'on oubliait toujours Elisabeth, songea Malcolm. Fille aînée d'Edouard IV, elle n'apparaissait généralement que dans les notes de bas de page, où il était précisé qu'elle était la plus âgée des sœurs des princes de la Tour, la fille dévouée d'Elisabeth Woodville, dernière épouse d'Henri VII, l'usurpateur Tudor. Sa tâche consistait à porter les germes de la dynastie, mettre au monde les héritiers et se couler dans l'ombre.

Mais c'était une femme qui était à demi Woodville, et dans les veines de laquelle courait le sang de ce clan ambitieux et manipulateur. Qu'elle ait voulu être reine d'Angleterre comme sa mère avant elle avait été démontré au XVIIe siècle lorsque Sir George Buck avait fait état — dans son *Histoire de la vie et du règne de Richard III* — de la lettre de la jeune Elisabeth priant le duc de Norfolk de servir de médiateur entre elle et le roi Richard à propos de leur mariage, et lui disant qu'elle était toute au roi par le cœur et la pensée. Qu'elle ait été aussi intraitable que ses parents, cela ne faisait aucun doute : il suffisait pour s'en convaincre de se rappeler que sa lettre à Norfolk avait été rédigée avant la mort de l'épouse de Richard, la reine Anne.

La jeune Elisabeth avait été expédiée loin de Londres, dans le Yorkshire, sous prétexte d'y être mise en sécurité avant l'invasion d'Henri Tudor. Là-bas, elle avait résidé à Sheriff Hutton, forteresse perdue dans la campagne où la fidélité au roi Richard était proverbiale. Elisabeth serait correctement protégée — pour ne pas dire gardée — dans le Yorkshire. Et ses frères et sœurs avec elle.

— Tu en pinces toujours pour Lizzie ? s'enquit Bernie avec un petit rire. C'est que t'étais intarissable sur ce sujet.

Malcolm imposa silence à sa fureur mais ne put s'empêcher de vouer in petto son interlocuteur aux feux de la damnation éternelle. Bernie ne pouvait encaisser les gens qui s'évertuaient à faire quelque chose de leur existence. Ces gens-là lui rappelant inévitablement le gâchis qu'il avait fait de la sienne.

Bernie dut subodorer quelque chose chez Malcolm car, tout en commandant son troisième whisky, il se récria :

— Non, continue. Je plaisantais. Qu'est-ce que tu fabriquais dehors au fait ? C'est toi qu'étais sur le champ de bataille quand je suis passé en voiture ?

Bernie savait pertinemment que c'était lui, comprit Malcolm. Mais le fait de mentionner ce détail leur rappela à tous les deux la passion qui habitait Malcolm, et le rôle que Bernie Perryman jouait dans l'affaire. Bon Dieu, il aurait voulu pouvoir sauter sur la table et hurler : « Je fricote avec la femme de cet abruti deux fois par semaine, je la baise trois ou quatre fois à chaque coup si j'y arrive. Il n'y avait pas deux mois qu'ils étaient mariés quand je l'ai tringlée pour la première fois, six jours seulement après qu'on se fut rencontrés. »

Mais pas question de péter les plombs : Bernie n'attendait que ça de son vieux pote qui avait refusé jadis de le laisser pomper sur sa feuille le jour où ils avaient passé le diplôme de fin d'études. Ce type avait une mémoire d'éléphant et il était rancunier comme pas un. Seulement Malcolm aussi.

— Je sais pas, Malkie, fit Bernie en secouant la tête tandis qu'on lui apportait son verre. (Il tendit péniblement la main vers le gobelet, s'humectant la lèvre inférieure d'un coup de langue.) Ça paraît bizarre que Lizzie ait livré ces petits à la hache. Ses propres frères, je sais pas si tu te rends compte. Même pour pouvoir être reine d'Angleterre. En outre, ils étaient pas tout près d'elle. Tout ça, c'est des spéculations, si tu veux mon avis.

T'as pas l'ombre d'un commencement de preuve.

Il ne faut jamais, songea Malcolm pour la centième fois, confier à un ivrogne ses secrets ou ses rêves.

— C'était Elisabeth d'York, répéta-t-il. La responsable, en fin de compte, c'était elle.

Sheriff Hutton n'était pas si éloigné que ça des abbayes de Rievaulx, Jervaulx et Fountains. Et à l'époque il arrivait fréquemment qu'on expédie des gens dans les abbayes, les couvents, les monastères et les prieurés. Les femmes surtout recevaient des allers simples pour la vie ascétique. Mais entre ces murs deux garçonnets — déguisés en novices — auraient été à l'abri d'Henri Tudor si celui-ci avait conquis le trône d'Angleterre.

— Tudor devait savoir que les gamins étaient en vie, dit Malcolm. Lorsqu'il s'est engagé à épouser Elisabeth, il devait savoir que les petits étaient vivants.

Bernie hocha la tête.

— Pauvres trésors, fit-il avec un chagrin feint. Et pauvre Richard sur qui le blâme est retombé. Comment crois-tu qu'elle ait réussi à mettre la main sur ces chérubins, Malkie ? Tu crois qu'elle avait passé un accord avec Tudor ?

— Elle voulait être reine, elle refusait de se contenter d'être la sœur d'un roi. Il n'y avait qu'un moyen d'arriver à ses fins. Et Henri cherchait ailleurs une épouse alors même qu'il traitait avec Elisabeth Woodville. La fille devait être au courant. Et savoir ce que ça signifiait.

Bernie hocha solennellement la tête comme s'il se souciait vraiment de ce qui s'était passé plus de cinq cents ans plus tôt, une nuit d'août, à quelque deux cents mètres du pub où ils étaient assis. Il fit cul sec avec son troisième double whisky et s'administra une claque sur l'estomac tel un homme qui vient de se taper sérieusement la cloche.

— J'ai décoré l'église au petit poil pour demain, confia-t-il à Malcolm. Tout de même, Malkie, quand on y pense, ça fout le tournis, non ? Tu te rends compte que ça fait plus de deux cents ans maintenant que les Perryman bricolent à Saint-James. Y a de quoi être fier de son ascendance, non ? Vraiment, c'est remarquable.

Malcolm le fixa d'un œil morne.

— Tout à fait remarquable, Bernie.

— Tu t'es jamais demandé ce que serait ta vie si c'étaient ton père, ton grand-père et ton arrière-grand-père qui s'étaient chargés de l'entretien de Saint-James ? Je serais à ta place, peut-être bien. Et toi, à la mienne. Qu'est-ce que t'en dis ?

Ce qu'en pensait Malcolm, il valait mieux que son vis-à-vis ne le sache pas. « Crève, songea-t-il. Crève avant que je t'achève. »

— Tu veux qu'on soit ensemble, chéri ? souffla Betsy en lui léchant doucement l'oreille.

Encore un samedi. Encore trois heures de baise avec Betsy. Malcolm se demanda combien de temps encore il lui faudrait jouer la comédie.

Il voulait lui demander de se pousser. Cette femme était un vrai sac plastique, elle n'avait pas son pareil pour vous rendre claustrophobe. Mais à ce stade de leurs relations, il savait qu'un gros câlin après l'amour était aussi vital pour la réussite de ses projets qu'une prestation de premier plan entre les draps. Et du fait que son âge, sa libido et son tonus déclinant faisaient chuter ses performances chaque fois qu'il lui fallait s'encastrer entre les cuisses adipeuses de Betsy, il comprit qu'il avait intérêt, une fois l'acte de chair accompli, à la laisser se coller à lui, enamourée et roucoulante, aussi longtemps qu'il pouvait le supporter sans se mettre à hurler.

— On *est* ensemble, fit-il en lui caressant les cheveux qu'elle avait raides comme du fil de fer à force de les teindre et de les laquer. Mais peut-être que ce que tu veux, c'est tirer un autre coup. Auquel cas, ma biche, il me faut un petit temps de récupération. (Tournant la tête, il appuya ses lèvres contre son front.) Tu es insatiable, Bets. Ce n'est pas un mais douze hommes qu'il te faudrait.

Elle pouffa.

— Me dis pas que t'aimes pas ça.

— Ce n'est pas *la chose* que j'aime. C'est toi. Je t'aime, je te désire, je ne peux pas me passer de toi.

Il se demandait parfois où il allait chercher les balivernes qu'il lui racontait. C'était comme si la zone primitive de son cerveau consacrée à la séduction du beau sexe se mettait en pilotage automatique chaque fois que Betsy se glissait dans son lit.

Elle enfouit les doigts dans les boucles abondantes de sa toison pectorale.

— Ce que je voudrais, c'est qu'on soit ensemble pour de bon, mon biquet. Qu'en dis-tu ? Toi et moi, comme ça, pour toujours. C'est pas ça que tu veux plus que tout au monde ?

A cette simple pensée, il eut l'impression qu'une gangue de béton se refermait sur lui. Toutefois il dit d'une voix qui tremblait dûment :

— Bets, chérie. S'il te plaît, non, tu ne vas pas remettre ça.

Et il l'attira rudement contre lui, sachant qu'elle n'attendait que ce geste. Il enfouit son visage dans la courbe de son épaule et de son cou. Il respirait par le nez pour éviter d'avaler son parfum — elle avait la manie de s'asperger de Shalimar. Puis il se mit à faire de petits bruits d'homme qui est au bout du rouleau. Que n'aurait-il pas fait pour le roi Richard !

— Je me suis promenée sur Internet, fit-elle en lui caressant la nuque. A la bibliothèque du collège. Pendant toute la pause déjeuner jeudi et vendredi, mon cœur.

Il s'arrêta net de gémir, se demandant où elle voulait en venir.

— Vraiment ?

Et pour gagner du temps il lui mordilla le lobe de l'oreille, attendant qu'elle éclaire sa lanterne. Ce qu'elle fit de manière détournée.

— Tu m'aimes, n'est-ce pas, Malcolm chéri ?

— A ton avis ?

— Et tu me désires, n'est-ce pas ?

— Ça me paraît évident.

— Pour toujours ?

Il se dit que ce n'était pas le moment de mégoter et il fit de son mieux pour le lui prouver bien qu'il ne se sentît pas au top de sa forme.

Après, alors qu'elle s'habillait, elle dit :

— J'ai été drôlement étonnée quand j'ai surfé sur le Net. C'est fou le nombre de sujets à propos desquels on peut obtenir des infos. Tu peux avoir des tuyaux pratiquement sur n'importe quoi, Malcolm. Au fait, Bernie joue aux échecs au Plantagenêt, biquet chéri. Ce soir.

Malcolm plissa le front, cherchant le lien entre ces deux énoncés. Elle poursuivit.

— Ça lui manque, vos parties, à Bernie. Il aimerait bien que tu passes au pub pour en refaire une petite avec lui. (Elle gagna en traînant les pieds la commode où elle se mit en devoir de retoucher son maquillage défaillant.) C'est pas qu'il joue bien. Pour lui, les échecs, c'est juste un prétexte de plus pour fréquenter le pub.

Malcolm l'observait, guettant un signe.

Lequel ne manqua pas de venir.

— Je me fais de la bile pour lui, mon petit Malcolm. Son cœur va lâcher un de ces jours. Je l'accompagne, ce soir. Peut-être qu'on te verra là-bas ? Malcolm, trésor, tu m'aimes ? Tu veux vraiment qu'on soit ensemble ?

Elle l'épiait dans le miroir tout en rectifiant son maquillage. Elle se fardait les lèvres, se dessinant une bouche en cœur. Elle se passait les joues au blush. Mais elle ne le quittait pas des yeux.

— Plus que tout au monde, fit-il.

Et lorsqu'il la vit sourire, il comprit qu'il lui avait donné la bonne réponse.

Ce soir-là, au Plantagenêt, Malcolm rejoignit les joueurs d'échecs de Sutton Cheney, club auquel il avait jadis appartenu. Bernie Perryman fut ravi de le voir. Plantant là son adversaire — un septuagénaire qui, sous couvert de disputer des parties, venait se piquer consciencieusement la ruche —, il pressa Malcolm de s'attabler devant un échiquier dans un coin enfumé du pub. Betsy avait raison, évidemment : Bernie picolait beaucoup plus qu'il ne jouait, et le Black Bush servait à huiler les rouages de sa conversation. Aussi ne cessait-il de jacter.

Il parla à Betsy, qui lui tenait lieu de serveuse. De sept heures et demie à dix heures et demie, elle ne cessa de faire l'aller et retour au bar, rapportant à Bernie un double whisky après l'autre tout en lui disant : « Tu bois trop. Cette fois, c'est le dernier. » Seulement il réussissait toujours à la convaincre de lui en rapporter encore un, lui tapotant les fesses, clignant de l'œil à Malcolm et chuchotant bien haut ce qu'il comptait lui faire une fois de retour à la maison. Malcolm commençait à se demander s'il n'avait pas compris de travers le message que Betsy lui avait susurré le matin même. Ce fut alors qu'elle se décida à agir.

Il était dix heures et demie et George, le patron du pub, invitait les clients à passer leurs dernières commandes. Le pub était plein comme un œuf, et Malcolm n'aurait sans doute pas remarqué sa manœuvre s'il ne s'était attendu à ce que quelque chose se produise ce soir-là. Tandis que, dodelinant de la tête au-dessus de l'échiquier, Bernie prenait son temps pour déplacer sa pièce, Betsy fila au bar réclamer un autre double Blackie. Pour arriver jusque-là, il lui fallut se frayer un chemin à travers les joueurs de fléchettes de Sutton Cheney, les marguilliers, un groupe de femmes de Dadlington et quelques ados qui s'affairaient autour d'une machine à sous. Elle fit une pause pour échanger quelques mots avec une femme dont le crâne se déplumait et qui semblait admirer la chevelure de Betsy avec l'enthousiasme de commande que les dames réservent à celles qu'elles ne peuvent pas voir en peinture, et c'est pendant qu'elle papotait ainsi que Malcolm la vit vider le flacon dans le gobelet de Bernie.

Il fut scié de l'aisance avec laquelle elle opéra. Elle devait avoir préparé son coup depuis des jours pour avoir réussi à faire le geste d'une seule main tout en bavardant : elle avait fait glisser le flacon de la manche de son pull, l'avait débouché, vidé puis remis en place. Terminant sa conversation, elle poursuivit son chemin. Et nul hormis Malcolm ne remarqua quoi que ce soit. Malcolm la dévisagea avec un respect tout neuf lorsqu'elle déposa le verre devant Bernie — heureux de n'avoir jamais songé sérieusement à se mettre à la colle avec cette garce démoniaque.

Il se doutait de ce qui se trouvait dans le gobelet : le résultat des heures passées par Betsy à surfer sur Internet. Elle avait écrasé dix comprimés au moins de Digitoxine pour en faire une poudre mortelle. Et Bernie, une heure après avoir ingéré la mixture, serait un homme mort.

Pour l'ingérer, il l'ingéra. Il siffla le verre comme il sifflait tous les doubles Black Bush qu'on lui apportait : il fit cul sec et s'essuya la bouche d'un revers de main. Malcolm avait commencé à compter le nombre de whiskies que Bernie avait descendus ce soir-là. Mais il se dit que si le produit ne le tuait pas, l'alcool s'en chargerait.

— Bernie, dit Betsy d'un ton funèbre, rentrons.

— Pas encore, fit Bernie. Faut que je finisse ma partie avec Malkie. Ça fait des années qu'on n'a pas joué l'un contre l'autre. Depuis... (Il sourit à Malcolm.) Dix ans ? Plus ? La fois où on a disputé cette dernière partie tous les deux.

Malcolm n'avait aucune envie d'aborder ce sujet.

— A toi, Bernie. A moins que tu préfères qu'on s'en tienne là.

— Pas question, Léon, fit Bernie, vacillant sur son tabouret et étudiant l'échiquier.

— Bernie, fit Betsy, suppliante.

Il lui tapa sur la main.

— Vas-y, Bets. Je rentrerai seul. Malkie n'aura qu'à me raccompagner en voiture, pas vrai, Malkie ? (Il repêcha ses clés de voiture dans sa poche et les fourra dans la main de sa femme.) Mais t'avise pas de t'endormir, beauté. On aura du pain sur la planche, toi et moi, quand je rentrerai.

Betsy fit celle qui n'était pas très chaude pour adopter cette solution, elle fit mine également de ne pas vouloir confier son précieux Bernie à Malcolm de crainte qu'il n'ait lui aussi trop bu et ne soit plus en mesure de tenir un volant.

— Si je vois qu'il roule pas droit dans le parking, fit Bernie, je rentre à pied. Promis, juré.

Betsy lança un regard entendu à Malcolm.

— Je vous le confie, alors.

Malcolm hocha la tête. Betsy se retira. Il ne restait plus qu'à attendre.

Pour un homme censé souffrir d'une insuffisance cardiaque, Bernie Perryman semblait costaud comme un bœuf. Une heure plus tard, installé dans la voiture de Malcolm, Bernie tchatchait à tout va comme un type qui a signé un nouveau bail avec la vie. A l'entendre, il n'avait qu'une envie : monter au trot l'escalier de la ferme et arracher à son épouse sa petite culotte. Rien si ce n'est le Jugement dernier n'empêcherait Bernie d'envoyer sa femme au septième ciel.

Le temps que Malcolm arrive à la ferme par le trajet le plus long sans éveiller les soupçons de son passager, il commençait à se demander si sa bien-aimée avait bien fait boire à son mari une dose de cheval de son médicament. C'est seulement lorsque Bernie descendit du véhicule au bout de l'allée que Malcolm sentit renaître l'espoir.

— Je me sens un peu patraque, Malkie. Ouh là là... Je vais m'allonger. Ça me fera du bien, dit Bernie en titubant vers la maison.

Malcolm le suivit des yeux et le vit s'affaler contre la haie d'arbustes bordant l'allée. Ne le voyant pas bouger après sa chute, Malcolm comprit que tout était dit.

Il s'éloigna tout heureux. Si Bernie n'était pas mort lorsqu'il avait touché le sol, il le serait le lendemain matin.

Merveilleux, songea-t-il. La réalisation de son plan avait pris du temps mais il allait toucher au but.

Malcolm s'était demandé si Betsy serait à la hauteur pour la suite des opérations. Mais au cours des quelques jours qui suivirent, elle se révéla être une actrice consommée. En se réveillant le matin seule dans le lit, elle avait fait ce que toute femme d'ivrogne sensée aurait fait : elle était partie à la recherche de son époux. Ne l'ayant trouvé ni à la ferme ni dans les communs, elle avait passé des coups de fil. Elle avait appelé le pub, l'église, Malcolm. Si Malcolm ne l'avait vue de ses yeux empoisonner son mari, il aurait cru dur comme fer qu'il avait à l'autre bout de la ligne une femme qui se faisait un sang d'encre pour son mari. Mais angoissée, elle l'était, n'est-ce pas ? Elle avait besoin d'un cadavre pour prouver que Bernie était mort.

— Je l'ai déposé au bout de l'allée, lui dit Malcolm, inquiet. Il remontait l'allée lorsque je l'ai laissé, Bets.

Elle sortit et découvrit Bernie à l'endroit où il était tombé la veille. Et la découverte du corps déclencha tout le processus.

Une enquête judiciaire fut ouverte, bien sûr. Mais ce fut une pure formalité. La maladie de cœur de Bernie, ses « problèmes de boisson » pour reprendre la terminologie officielle, la météo particulièrement pourrie, tout cela fit que le jury du coroner aboutit à des conclusions prévisibles. Il déclara que Bernie

Perryman était mort de froid après s'être évanoui par une nuit glaciale alors qu'il regagnait son domicile en titubant au terme d'une soirée très imbibée au Plantagenêt, où seize témoins certifièrent qu'ils l'avaient vu descendre la bagatelle de onze doubles whiskies en moins de trois heures.

Il n'y avait aucune raison d'effectuer des analyses de sang. Encore moins après que son médecin eut affirmé que c'était un miracle qu'il ait réussi à vivre jusqu'à quarante-neuf ans, compte tenu des antécédents de santé de sa famille et de ses « problèmes de boisson ».

Aussi Bernie fut-il enterré auprès de ses ancêtres dans le cimetière de l'église Saint-James — où son père et tous les autres avant lui s'étaient efforcés de faire régner ordre et propreté.

Si Malcolm éprouva les affres de la culpabilité, il décida de les ignorer. Bernie était cardiaque. Bernie était un ivrogne notoire. Si Bernie, fin soûl, s'était évanoui dans l'allée à cinquante mètres de la ferme et était mort de froid... qui pouvait bien l'en tenir pour responsable ?

Et s'il était désolant que Bernie ait dû trépasser pour permettre à Malcolm de poursuivre sa quête de la vérité, il était également juste de dire qu'il avait provoqué lui-même sa fin prématurée.

Après les obsèques, il ne restait plus à Malcolm qu'à se montrer patient. Il n'avait pas deux ans durant labouré le champ de Betsy pour échouer si près du but par excès de hâte. En outre, Betsy rongeait son frein pour deux. Aussi se disait-il que c'était une question de jours — voire d'heures — avant qu'elle ne se rende chez le notaire des Perryman pour avoir des précisions sur l'héritage qui allait lui échoir.

Malcolm avait imaginé la scène des centaines de fois au cours de sa liaison. Il arrivait parfois que la visualisation du moment où Betsy apprenait la vérité fût le seul fantasme capable de l'aider à venir à bout de ses interminables séances de galipettes avec la dame.

Howard Smythe-Thomas la ferait entrer dans son cabinet et lui apprendrait la nouvelle d'une voix aux résonances funèbres étudiées. Peut-être qu'au début Betsy croirait que cet air sombre était dicté par les circonstances. Il commencerait par l'appeler « Ma chère madame

Perryman », ce qui lui mettrait la puce à l'oreille et lui ferait comprendre que le notaire était porteur de mauvaises nouvelles. Mais elle ne se douterait de l'ampleur de la catastrophe que lorsqu'il lui mettrait les points sur les *i*.

Bernie n'avait pas d'argent. La ferme avait été hypothéquée à trois reprises. Il n'avait pour ainsi dire pas un sou d'économies et pas de placements. Le contenu de la maison et des communs lui appartenait, certes, mais ce n'était qu'en vendant tout — y compris la ferme — que Betsy éviterait la banqueroute. Et même alors, ce serait tangent. L'unique raison pour laquelle la banque n'avait pas saisi la propriété hypothéquée était que les Perryman étaient clients chez eux depuis plus de deux cents ans. « La loyauté, entonnerait M. Smythe-Thomas. Bernard avait peut-être connu des moments difficiles, madame Perryman. Mais la banque respectait la clientèle de sa famille avec laquelle elle était en affaires depuis plusieurs générations. Dans ces cas-là, un établissement bancaire accepte de se montrer un peu plus compréhensif. »

Ce qui signifiait en clair que, comme il n'y avait pas d'autres Perryman à Windsong Farm — et M. Smythe-Thomas expliquerait gentiment à la veuve qu'elle ne comptait guère —, la banque la mettrait probablement en demeure de payer les dettes de Bernie. Et qu'elle ferait bien de se préparer à cette éventualité.

Mais... et le legs ? questionnerait Betsy, sidérée par l'étendue de la duplicité de Bernie. « Bernie n'arrêtait pas de parler d'un legs. »

Naturellement, M. Smythe-Thomas en ignorerait tout. Et comme ces bons à rien de Perryman n'avaient jamais fait grand-chose de leurs dix doigts sinon entretenir l'église et désherber le cimetière de Sutton Cheney... Bref, il lui ferait remarquer que ce n'était pas en travaillant comme homme de ménage qu'on pouvait espérer amasser une fortune.

Des heures — des jours peut-être — s'écouleraient avant que la nouvelle fasse son chemin dans le crâne de Betsy. Au début, elle se dirait que c'était une erreur. Il devait forcément y avoir des bijoux cachés quelque part, des espèces, de l'argent ou de l'or ou des actes notariés dissimulés dans le grenier. Et elle se mettrait en quête de ce butin. Ce qui était exactement le but visé par Malcolm : d'abord les recherches et puis les larmes de déception dans les bras de Malcolm. Après quoi ce serait à ce dernier de jouer.

En attendant, il travaillait d'arrache-pied à son œuvre. Les pages s'empilaient près de sa machine à écrire tandis qu'il s'employait à réhabiliter le roi le plus calomnié de l'Angleterre.

Nombreux furent les justes qui trouvèrent la mort ce 22 août 1485, et parmi eux le duc de Norfolk, qui commandait l'avant-garde des troupes de Richard. Lorsque le comte de Northumberland eut refusé de lancer ses forces dans la bataille pour venir en aide aux hommes de Norfolk privés de chef, l'issue du combat s'en trouva profondément modifiée psychologiquement.

En ces temps-là, sur le champ de bataille, désertions massives, renversements d'alliances, trahisons pures et simples étaient monnaie courante. Et le roi, tout comme son adversaire Tudor, connaissait bien le phénomène. Voilà pourquoi les deux hommes se trouvèrent simultanément avoir besoin des Stanley et douter d'eux. Voilà pourquoi — au cœur du combat — Henri Tudor courut trouver les Stanley, qui avaient jusque-là refusé de se lancer dans la mêlée. Plus faible en nombre que son adversaire, Henri Tudor aurait perdu la partie sans leur intervention. Et il était prêt à tout, y compris à les supplier de l'aider pour gagner — d'où sa chevauchée désespérée à travers la plaine pour atteindre les positions des Stanley.

Le roi Richard, dévalant Ambion Hill avec ses chevaliers, lui coupa la route. Les deux petites armées engagèrent le combat à quelque huit cents mètres des hommes des Stanley. Les chevaliers de Tudor ne tardèrent pas à tomber sous les assauts du roi : William Brandon et la bannière de Cadwallader churent à terre ; l'énorme Sir John Cheyney périt sous la hache du roi. Richard allait se frayer un chemin jusqu'à Tudor lorsque les Stanley prirent la décision d'attaquer la petite troupe du roi.

Dans la mêlée qui suivit, le roi Richard fut jeté à bas de son cheval. Il aurait pu fuir le lieu de la bataille mais, déclarant qu'il « mourrait roi d'Angleterre », il continua de se battre alors qu'il était grièvement blessé. Il fallut plus d'un homme pour l'abattre. Et il mourut en prince royal qu'il était.

L'armée du roi prit la fuite, poursuivie par le comte d'Oxford qui semblait décidé à tuer autant d'hommes que possible. Ils filèrent vers le village de Stoke Golding, à l'opposé de Sutton Cheney.

Ce fait fut déterminant pour les événements qui suivirent. Lorsque la vie est en jeu, qu'on est allié par le sang au roi d'Angleterre vaincu, il est fatal qu'on songe à se protéger. John de la Pole, comte de Lincoln et neveu de Richard, faisait partie des fugitifs. En se dirigeant vers Sutton Cheney, il serait tombé entre les griffes du comte de Northumberland, qui avait refusé de venir au secours du roi et n'aurait été que trop heureux de se concilier les bonnes grâces d'Henri Tudor en lui livrant le neveu du défunt souverain. Aussi prit-il la direction du sud et non celle du nord. Et, ce faisant, il condamna son oncle à cinq cents ans de propagande Tudor.

Car l'histoire, songea Malcolm, est écrite par les vainqueurs.

Même s'il arrive parfois que l'histoire soit récrite.

Et, tandis qu'il la récrivait, à l'arrière-plan de ses préoccupations il se représentait Betsy et son désespoir grandissant. Il y avait deux semaines que Bernie était mort et elle n'était toujours pas retournée travailler. Le principal du collège de Gloucester — Samuel le pleurnichard, comme Malcolm l'avait baptisé — leur rapporta que la mort soudaine de son époux avait anéanti

Betsy. Elle avait besoin de temps pour guérir de son chagrin, expliqua-t-il tristement au personnel réuni.

Malcolm savait que si elle était anéantie, c'était parce qu'elle n'arrivait pas à mettre la main sur le fameux legs qui lui permettrait de lier son sort au sien. Parcourant la maison comme une furie, elle devait passer au crible la garde-robe de Bernie dans l'espoir d'y dénicher quelque objet de valeur, secouer les livres, cherchant des cartes d'hypothétiques trésors ou des actes notariés, retourner de fond en comble le contenu des douzaines de malles remisées au grenier, inspecter les communs, les lèvres bleuies de froid. Et, si elle se montrait persévérante, elle trouverait la clé.

Et la clé la conduirait au coffre de la banque dont les Perryman étaient clients depuis deux cents ans. En sa qualité de veuve de Bernard Perryman, le testament dans une main et le certificat de décès dans l'autre, elle serait admise dans le saint des saints. Et là, elle verrait s'effondrer ses derniers espoirs.

Malcolm se demanda ce qu'elle penserait à la vue du bout de papier crasseux qui passait pour être le fameux legs des Perryman. Couvert d'une écriture si serrée qu'elle en était presque illisible, le document n'avait aucune valeur pour un œil non exercé. Et Betsy se dirait qu'il ne s'agissait que d'un vulgaire chiffon.

Bernie Perryman était d'un tout autre avis la nuit où il avait montré la missive à Malcolm.

— Jette un œil là-dessus, Malkie, avait-il dit à son camarade. Et dis au vieux Bern ce que t'en penses.

Il avait un coup dans le nez comme d'habitude mais il n'était pas encore complètement schlass. Et Malcolm, qui venait de le battre à plates coutures aux échecs, se sentait d'humeur conciliante, prêt à supporter ses ratiocinations alcoolisées.

Tout d'abord il pensa que Bernie retirait une page d'une vieille bible mais il constata rapidement que la bible était un ouvrage ancien en cuir et que la page était un document — une lettre, en fait. Elle était signée et près de la signature on distinguait les vestiges du sceau d'une chevalière.

Bernie le surveillait avec l'air rusé des ivrognes qui vous guettent au tournant. Malcolm comprit alors qu'il savait de quoi il s'agissait. Cela attisa sa curiosité tout en éveillant sa prudence.

La circonspection lui fit dire après avoir jeté un regard au document :

— Je ne sais pas, Bernie. Je vois pas trop à quoi ça correspond.

Tandis que la curiosité le poussait à ajouter :

— D'où ça sort ?

Bernie feignit la modestie.

— Le sol leur a toujours posé des problèmes, pas vrai, Malkie ? Il était trop bas, les dalles étaient trop rugueuses. Le travail n'a jamais été fait correctement. Mais qu'espérer d'autre dans un bâtiment aussi ancien ?

Malcolm se demanda où il voulait en venir. Les vieux bâtiments de la région étaient le collège de Gloucester, le Plantagenêt, Market Bosworth Hall, les cottages de Rectory Lane, l'église Saint-James…

Il fixa soudain Bernie puis examina le document de plus près.

Et c'est alors qu'il en déchiffra la première ligne — *Moi, Richard, par la grâce de Dieu roi d'Angleterre et de France et seigneur d'Irlande.* Son regard se porta sur la signature gribouillée à la hâte : Richard R.

Dieu du ciel ! Sur quoi Bernie l'alcoolo avait-il donc mis la main ?

Il lui fallait garder son sang-froid. Pas question de laisser Bernie se douter de l'intérêt qu'il éprouvait pour le papier.

— On n'y voit pas grand-chose à cette lumière, Bernie. Ça t'ennuie que je l'emporte pour l'examiner chez moi ?

Mais Bernie ne l'entendait pas de cette oreille.

— Pas question que je le perde de vue, Malkie. C'est un legs de famille. Ça fait des siècles que ça nous appartient et on a juré de veiller dessus.

— Comment as-tu... ?

Mais Malcolm n'était pas bête au point de demander à Bernie comment il se trouvait avoir une lettre de Richard III en sa possession. Bernie ne lui dirait que ce qu'il jugeait nécessaire de lui révéler.

— On va y jeter un œil dans la cuisine, alors. T'es d'accord ? ajouta-t-il.

Bernie était d'accord. Il voulait que son vieux copain voie de quoi il s'agissait. Ils se rendirent donc dans la cuisine où ils s'assirent devant la table, et Malcolm se pencha sur le grimoire.

L'écriture était épouvantable, ce n'était certainement pas celle du scribe qui couchait ordinairement sur le papier la correspondance du souverain, mais celle d'un homme profondément bouleversé. Malcolm avait passé presque vingt ans à collecter les moindres renseignements sur Richard Plantagenêt, duc de Gloucester, devenu Richard III, baptisé l'Usurpateur, la Légende noire, le Bossu, entre autres épithètes diffamatoires. Aussi savait-il qu'il y avait des chances que, dans cette ferme située à moins de deux cents mètres de Bosworth Field et à un kilomètre cinq cents de Saint-James, il fût en présence d'un document authentique. Richard avait vécu sa dernière nuit dans ces parages. Il s'était battu non loin de là. Il y était mort. Comment ne pas envisager qu'il y ait également écrit une lettre, dans un bâtiment où elle était restée cachée jusqu'à ce que…

Malcolm battit en hâte le rappel de ses souvenirs historiques.

— Le sol de Saint-James, dit-il. Il a été surélevé il y a deux cents ans, non ?

Et l'un de ces bons à rien de Perryman avait peut-être mis la main à la pâte lors des travaux et trouvé la missive à cette occasion.

Bernie l'épiait, un sourire malin étirant les coins de sa bouche.

— Qu'est-ce que t'en penses, Malkie ? Ça vaut quelque chose ?

Malcolm l'aurait volontiers étranglé. Au lieu de quoi, il repiqua du nez sur le précieux document. Ce dernier n'était pas long, il ne comportait que quelques lignes qui auraient pu modifier le cours de l'histoire et qui — une fois rendues publiques dans l'ouvrage historique qu'il décida aussitôt de rédiger — réhabiliteraient le roi accusé à tort pendant cinq cents ans d'une boucherie qui n'avait jamais été prouvée.

Moi, Richard, par la grâce de Dieu roi d'Angleterre et de France et seigneur d'Irlande, en ce 21 août 1485, par ce document donne l'ordre aux bons pères de Jervaulx de confier aux soins du porteur Edouard dit le Bâtard et son frère Richard, duc d'York. Le port de cette missive suffira à identifier le porteur — lequel a nom John de la Pole, comte de Lyncoln, neveu bien-aimé du roi. Ecrit en hâte à Suton Chene. Richard R.

C'était bref mais cela suffisait à racheter la réputation d'un homme. Lorsque le roi avait trouvé la mort sur le champ de bataille ce 22 août 1485, ses deux jeunes neveux étaient encore vivants.

Malcolm fixa Bernie :

— Tu sais de quoi il s'agit, n'est-ce pas, Bernie ?

— Un abruti comme moi ? fit Bernie. Qu'a même pas été foutu d'avoir son diplôme à la sortie du collège ? Comment je le saurais ? Mais à ton avis, j'en tirerais quelque chose si je voulais m'en défaire ?

— Tu ne peux pas le vendre, Bernie, fit Malcolm, se trahissant.

Bernie rafla le papier et le plaqua contre sa poitrine. Malcolm en frémit intérieurement. Dieu sait de quels dégâts cet imbécile était capable lorsqu'il avait bu.

— Doucement, fit Malcolm. C'est fragile, Bernie.

— Comme l'amitié, pas vrai ? dit Bernie en sortant de la cuisine.

C'était sans doute peu de temps après que Bernie avait changé le document de place, car Malcolm ne l'avait jamais revu. Toutefois, le fait d'en connaître l'existence lui avait pourri la vie pendant des années. Et ce n'est qu'avec l'arrivée de Betsy qu'il avait enfin vu un moyen de s'emparer du précieux bout de papier.

Et bientôt le grimoire serait à lui. Dès que Betsy, rassemblant son courage, l'appellerait pour lui dire que ce qu'elle avait cru être un legs n'était — à ses yeux ignorants — qu'un vieux bout de papier même pas digne de tapisser l'intérieur d'une cage à oiseau.

Tout en attendant son appel, Malcolm mettait la dernière main à *La Vérité sur Richard et Bosworth Field*, ouvrage qu'il préparait depuis dix ans et auquel il ne manquait qu'un seul document pour que fût étayée sa thèse sur le sort des deux jeunes princes. Les heures qu'il passait sur sa machine à écrire filaient telles les feuilles tombant des arbres de la forêt d'Ambion, où jadis un marécage avait protégé le flanc sud de Richard de l'attaque des mercenaires d'Henri Tudor.

La lettre renforçait l'hypothèse de Malcolm selon laquelle Richard avait confié à un tiers le nom de l'endroit où se trouvaient les enfants. Si la bataille tournait en faveur d'Henri Tudor, les princes courraient un danger mortel. Aussi, la veille, Richard avait-il dû confier à une tierce personne son secret le mieux gardé : la cachette des deux jeunes garçons. De cette façon, si Tudor l'emportait, l'homme de confiance du roi pourrait aller chercher les enfants au monastère, les faire sortir discrètement du pays et les mettre en lieu sûr.

John de la Pole, comte de Lincoln, neveu bien-aimé de Richard III, devait être cet homme de confiance. Il avait dû recevoir l'ordre de se rendre dans le Yorkshire si le roi tombait, de façon à protéger les enfants qui seraient légitimés — et constitueraient ainsi une menace de taille pour l'usurpateur — à l'instant où Henri Tudor épouserait leur sœur.

John de la Pole connaissait l'étendue du danger couru par les enfants. Cependant, bien que son oncle lui ait dit où se cachaient les princes, jamais les moines ne l'auraient laissé parvenir jusqu'à eux si le roi ne leur en avait donné l'ordre exprès.

D'où la lettre. Seulement il avait dû fuir vers le sud et non vers le nord. Il n'avait donc pas pu la retirer de sous les dalles de l'église où son oncle l'avait cachée la veille de la bataille.

Et cependant les enfants avaient disparu, jamais on n'avait entendu parler d'eux. Qui donc les avait fait disparaître ?

Il ne pouvait y avoir qu'une réponse à cette question : Elisabeth d'York, sœur des princes et également fiancée du roi couronné sur le champ de bataille.

En apprenant la défaite de son oncle, Elisabeth avait dû voir très clairement les options qui s'offraient à elle : reine d'Angleterre si

Henri Tudor conservait son trône ou sœur d'un jeune roi si son frère Edouard faisait valoir ses prétentions légitimes au moment où Henri la légitimait elle ou supprimait la loi par laquelle elle avait été rendue illégitime. Ainsi, elle pouvait devenir chef d'une dynastie royale ou n'être qu'un pion sur l'échiquier politique et être proposée en mariage à ceux avec lesquels son frère souhaiterait conclure une alliance.

Sheriff Hutton, sa résidence temporaire, n'était guère éloignée des abbayes. Nièce préférée de son oncle, connaissant son penchant pour les choses de la religion, elle avait dû deviner — si Richard ne le lui avait pas dit — où il avait caché ses frères. Et les jeunes garçons n'auraient pas fait de difficulté pour la suivre. Après tout, elle était leur sœur.

— Je suis Elisabeth d'York, avait-elle dû déclarer au père supérieur de la voix impérieuse héritée de sa mère. Je veux voir mes frères sur l'heure.

Ç'avait dû être simple comme bonjour. Les deux jeunes princes voyaient leur sœur aînée pour la première fois depuis bien longtemps : ils accourent, l'étreignent, se tournent vivement vers l'abbé lorsqu'elle leur fait part de son désir de les emmener... Ce n'était pas un vulgaire abbé qui pouvait refuser d'obéir aux ordres d'une princesse royale. Encore moins dans les circonstances présentes — alors que le roi Richard était mort et qu'était assis sur le trône un homme qui avait largement fait la preuve de son caractère sanguinaire en déclarant traîtres au pays tous ceux qui avaient combattu sous la bannière de Richard à Bosworth. Tudor ne verrait pas d'un bon œil l'abbaye qui avait abrité les enfants. Dieu seul savait comment il se vengerait s'il retrouvait leur trace.

Voilà pourquoi le père supérieur avait remis Edouard le Bâtard et son frère Richard, duc d'York, entre les mains de leur sœur. Et Elisabeth les avait confiés à un tiers. A l'un des Stanley ? Au très fourbe comte de Northumberland qui était parti servir Henri Tudor dans le nord ? A Sir James Tyrell, partisan de Richard, qui avait reçu le pardon de Tudor un an après son avènement au trône ?

Quel que fût l'homme de confiance d'Elisabeth, une fois les princes entre ses mains, leur sort était scellé. Et personne ne se serait amusé à lancer des accusations contre la femme d'un souverain régnant dont on ne connaissait que trop le caractère violent qui le portait à condamner ses sujets et confisquer leurs terres.

C'était brillant, comme plan. Elisabeth était bien la digne fille de sa mère, consciente qu'il fallait faire passer son propre intérêt avant tout. Et puis elle avait dû se dire que laisser les enfants en vie ne servirait qu'à prolonger une lutte pour le trône qui durait depuis trente ans. Elle pouvait mettre un terme au bain de sang : il lui suffisait pour cela d'en verser encore une goutte. Qui à sa place eût agi différemment ?

Le fait que Betsy mit plus de trois mois pour trouver le courage d'annoncer à Malcolm la triste nouvelle causa un peu d'inquiétude à ce dernier. Dans son esprit, elle n'aurait pas dû mettre plus de vingt-quatre heures pour venir le trouver, hystérique, et lui annoncer que le legs n'était qu'un vulgaire chiffon de papier. Elle se serait jetée dans ses bras, elle aurait pleuré toutes les larmes de son corps et attendu qu'il vienne à la rescousse. Pour bien lui faire comprendre dans quelle atroce situation elle était, elle lui aurait apporté le grimoire pour lui montrer comment l'infâme Bernie avait osé traiter sa femme aimante. Malcolm lui aurait pris le papier des doigts, y aurait jeté un coup d'œil, l'aurait laissé tomber par terre et se serait associé à ses lamentations, pleurant la mort de leurs rêves si tendrement caressés. Car elle était ruinée, et lui, avec son maigre traitement d'enseignant de collège, ne pourrait jamais lui offrir la vie qu'elle méritait. Puis, après une vigoureuse séance sur le matelas, elle serait partie, laissant par terre le méprisable papier. Et la lettre alors aurait été à lui. Et quand son ouvrage aurait été publié, que les conférences, les interviews télévisées, les débats, les séances de signature ici et là commenceraient à garnir son agenda, il n'aurait plus une minute à consacrer à une femme au foyer qui n'avait pas été assez maligne pour comprendre ce qu'elle avait eu entre les mains.

Tel était le plan qu'il avait échafaudé. C'est pourquoi Malcolm éprouva un pincement d'inquiétude en constatant qu'il ne se déroulait pas selon ses prévisions. Toutefois, il songea que le manque d'empressement de Betsy à lui révéler la vérité faisait partie du grand dessein de Dieu : cela lui donnait le temps de terminer son manuscrit.

Betsy et lui ayant décidé que la discrétion était de rigueur après la mort de Bernie, ils ne se virent que dans les couloirs du collège lorsqu'elle reprit ses fonctions. Pendant ce temps-là, Malcolm lui passait tous les soirs des coups de fil pornos après avoir découvert qu'il réussissait simultanément à la tenir en haleine et à corriger ses premiers chapitres.

Enfin, trois mois et quatre jours après le décès de Bernie, Betsy lui chuchota une invitation dans le couloir devant le bureau du principal. Pouvait-il venir dîner à la ferme ce soir-là ? Elle n'avait pas l'air aussi anéantie que Malcolm l'aurait souhaité compte tenu du fait qu'elle était ruinée et que ses rêves étaient brisés, mais il ne s'en préoccupa pas outre mesure. Betsy n'avait-elle pas démontré qu'elle était une actrice de talent ? Elle ne devait pas vouloir craquer au collège.

Avant de partir cet après-midi-là, tout heureux d'être à la veille de réaliser son fantasme, Malcolm donna sa démission. Samuel Montgomery l'accepta avec une rapidité qui troubla Malcolm. En effet, bien que le principal eût dissimulé son étonnement et sa joie sous une contrariété de façade à l'idée de perdre un enseignant qui était « une véritable institution », Malcolm vit bien qu'il buvait du petit-lait à la perspective d'être débarrassé de quelqu'un qu'il considérait comme un dinosaure de la pédagogie. Lui-même n'imaginait pas pouvoir être aussi content en songeant au triomphe qu'il allait connaître lorsqu'il aurait imprimé sa marque sur l'histoire anglaise.

Malcolm n'aurait donc pu être plus heureux en se rendant à Windsong Farm ce soir-là. L'interminable hiver de sa frustration allait céder le pas à un printemps glorieux, et il était à deux doigts de redresser une erreur vieille de cinq cents ans tout en s'assurant une place au panthéon des grands historiens. Le Seigneur est bon, songea-t-il en s'engageant dans la longue allée de la ferme. Dommage que Bernie Perryman ait trouvé la mort dans cette affaire, mais puisque par son décès il avait contribué à la rédemption d'une figure historique, on pouvait dire que la fin justifiait amplement les moyens.

Comme il descendait de voiture, Betsy ouvrit la porte de la ferme. Malcolm cligna des yeux, sidéré. Il lui fallut un moment pour comprendre qu'elle portait un long manteau de fourrure. Du vison, apparemment. Ou de l'hermine. Pas malin de sa part, avec tous ces mouvements pour les droits des animaux, mais Betsy n'avait jamais brillé par son intelligence.

Sans lui laisser le temps de se demander comment elle avait réussi à s'offrir un manteau de fourrure, Betsy en écarta violemment les pans et apparut nue comme un ver.

— Chéri ! s'écria-t-elle. On est riches, riches, riches. Et tu ne devineras jamais ce que j'ai vendu pour en arriver là !

LA SURPRISE DE SA VIE

La première fois que Douglas Armstrong consulta Thistle McCloud, il n'avait absolument pas l'intention d'assassiner sa femme. C'est seulement deux semaines après la quatrième consultation qu'il se mit à y songer.

Douglas observa Thistle, qui se préparait à lui faire des révélations depuis une autre dimension. L'alliance de Douglas au creux de la main gauche, elle referma les doigts, plaçant sa main droite au-dessus de son poing gauche. Le temps de fredonner les cinq premières notes d'un air qui évoquait furieusement *I Love You Truly*, et ses yeux se révulsèrent sous les paupières ombrées de jaune. Tant et si bien qu'il se retrouva un peu déconcerté face à cette femme d'une trentaine d'années en canotier, blazer rayé, chemisier blanc et cravate à pois qui avait tout d'une chanteuse échappée d'un quartette de beuglant.

Lorsqu'il avait fait sa connaissance, Douglas n'avait vu dans sa tenue — laquelle n'avait pratiquement pas changé au cours de ses visites ultérieures — qu'un astucieux déguisement de charlatan désireux d'attirer l'attention des clients sur son apparence pour mieux leur faire oublier les manigances auxquelles il doit se livrer afin de plonger dans leur passé, leur présent, leur avenir et surtout leur porte-monnaie. Mais il avait vite compris que les excentricités vestimentaires de Thistle n'étaient pas destinées à donner le change à sa clientèle. La première fois que, tenant sa vieille Rolex, elle s'était mise à lui parler d'une voix basse et pénétrée du fils prodigue, de ses départs innombrables et de ses non moins innombrables retours, des parents vieillissants qui l'accueillaient à chaque fois bras grands ouverts et cœur battant, du frère qui observait la scène, sourire figé sur un cri refoulé à grand-peine : « Et moi, alors ? Je ne compte pas ? », il avait eu la certitude que Thistle était bien ce qu'elle prétendait être : un médium.

La première fois qu'il avait mis les pieds dans son cabinet, c'était parce qu'il avait quarante minutes à tuer avant d'aller se faire examiner la prostate. Cet examen annuel était un cauchemar, il l'appréhendait au moins autant que la question joviale du médecin accompagnée d'une bourrade complice dans les côtes : « Alors, tout va comme vous voulez, de ce côté-là ? », la triste vérité l'obligeant à répondre en grinçant des dents que l'incontournable loi de la gravité commençait à peser d'un poids de plus en plus inquiétant sur son précieux appendice. Comme il allait fêter son cinquante-cinquième anniversaire dans six semaines et que tous les pépins qui lui étaient tombés dessus s'étaient toujours produits une année qui se trouvait être un multiple de cinq, il n'avait pas l'intention de négliger la chance qui s'offrait à lui d'essayer de savoir ce que les dieux leur réservaient, à sa prostate et à lui-même, si cela pouvait lui permettre de tenir le chaos à distance.

C'était à ça qu'il réfléchissait en roulant sur Pacific Coast Highway dans la lumière dorée d'un après-midi de décembre. Sur ce tronçon d'autoroute où les commerces se succédaient à touche-touche — pizzerias, magasins de planches de surf —, il avait soudain remarqué le petit immeuble bleu devant lequel il avait bien dû passer des milliers de fois, ainsi que la pancarte MÉDIUM. Il avait jeté un coup d'œil à la jauge d'essence, histoire d'avoir un prétexte pour s'arrêter juste en face ; et, tout en mettant du super sans plomb dans le réservoir de sa Mercedes, il avait décidé de se jeter à l'eau.

« Et puis zut, s'était-il dit, il y a des façons plus ridicules de tuer le temps. »

Il était donc allé consulter Thistle McCloud, laquelle ne ressemblait en rien à l'idée qu'il se faisait d'un médium, car, au lieu d'une boule de cristal ou de tarots, elle s'était servie d'un objet lui appartenant. Les trois premières fois, elle avait puisé l'inspiration dans sa Rolex. Ce jour-là, cependant, elle avait repoussé la montre sous prétexte qu'elle en avait extrait la substantifique moelle et braqué ses yeux couleur de brume sur son alliance. Du bout du doigt, elle l'avait tapotée avant de déclarer : « Je vais me servir de ça, je crois. J'imagine que vous voulez tourner le dos au passé pour aborder des sujets qui vous tiennent plus à cœur. » S'il lui avait confié son alliance, c'était à cause de ces mots : « tourner le dos au passé pour aborder des sujets qui vous tiennent plus à cœur ». Effectivement, elle avait mis dans le mille : le fils prodigue appartenait à l'histoire ancienne ; et ce qui le préoccupait, c'était l'avenir.

L'alliance au creux de son poing, l'œil révulsé, Thistle cessa de fredonner, inspira bien à fond six fois de suite et rouvrit les yeux, le considérant d'un air de profonde mélancolie qui lui noua l'estomac.

— Qu'y a-t-il ? s'inquiéta Douglas.

— Attendez-vous à recevoir un choc brutal, qui va modifier radicalement votre existence. Et qui va se produire bientôt. Très bientôt.

« Seigneur, songea-t-il, il ne manquait plus que ça. » Trois semaines après que le médecin lui eut fourré un doigt indifférent dans l'anus afin d'essayer de savoir pourquoi son bien le plus précieux donnait d'évidents signes de faiblesse. Le spécialiste avait décrété qu'il n'y avait pas lieu de craindre un cancer, mais sans pour autant éliminer une bonne demi-douzaine d'autres possibilités. Douglas se demanda quelle maladie Thistle avait réussi à diagnostiquer grâce à ses antennes psychiques.

Thistle déplia les doigts, et tous deux fixèrent l'alliance légèrement embuée de transpiration blottie au creux de sa paume.

— Le choc viendra de l'extérieur, précisa-t-elle. Il vous bouleversera jusqu'au plus profond de votre être.

— Vous en êtes sûre ?

— Autant que je puis l'être compte tenu du fait que vous vous dissimulez derrière une armure.

Thistle lui rendit l'alliance, ses doigts frais lui effleurèrent le poignet.

— Vous ne vous appelez pas David, n'est-ce pas ? Pourtant, j'ai l'impression que votre prénom commence par un D. Je me trompe ?

De sa poche arrière, il sortit son portefeuille. Prenant soin de dissimuler son permis de conduire, il saisit un billet de cinquante dollars entre le pouce et l'index, le plia et le lui tendit.

— Donald, fit-elle. Non, ça n'est pas ça non plus. Darrell, peut-être. Ou alors Dennis. Je pencherais pour deux syllabes.

— Les prénoms, ça n'est pas important dans votre métier, dit Douglas.

— Non. Mais la vérité, si. Un jour viendra où vous devrez vous décider à faire confiance aux autres et à leur dire la vérité. La confiance est la clé de tout. La confiance est essentielle.

— La confiance ? Ça ne sert qu'à se faire baiser, vous voulez dire.

Une fois dehors, il traversa Pacific Coast Highway pour gagner la petite rue qui longeait l'océan. C'était toujours là qu'il se garait lorsqu'il venait la voir. La plaque personnalisée DRIL4IT1 de la Mercedes ne laissant planer que de maigres doutes sur l'identité de son propriétaire, Douglas s'était dit que si le bruit courait que le président de la South Coast Oil consultait régulièrement un médium, cela risquait de refroidir les investisseurs. Se lancer dans des investissements à risque, c'est une chose. Mais confier de l'argent à un homme qu'on peut accuser de recourir à la parapsychologie plutôt qu'à la géologie pour découvrir des gisements de pétrole, c'en est une autre. Non qu'il parlât affaires avec Thistle. Mais, ça, jamais le conseil d'administration ne le croirait.

Après avoir neutralisé l'alarme de la voiture, il se glissa au volant, prit la direction du sud et de son bureau. A la South Coast Oil, on le croyait parti pique-niquer avec sa femme sur les falaises de Corona del Mar. Il avait prévenu sa secrétaire qu'il couperait son téléphone portable pendant une heure. « N'essayez pas de me joindre, ne nous dérangez pas, soyez gentille. Qu'on nous laisse tranquilles, Donna et moi. Elle l'a bien mérité. Et moi aussi. C'est clair ? » Rien de tel que de prononcer le nom de Donna pour que la South Coast Oil le lâche quelques heures. Donna était très appréciée dans la société. Et pas seulement dans la société, d'ailleurs ; tout le monde l'aimait. Trop, même. Les hommes, surtout.

« Attendez-vous à recevoir un choc. »

Douglas se demanda si le choc pouvait provenir de sa femme.

Lorsqu'il lui faisait remarquer l'attrait qu'elle exerçait sur le sexe fort, Donna, étonnée, rétorquait que cela venait de ce qu'elle avait grandi entourée de frères. Seulement, ce que Douglas détectait dans les yeux de ceux qui reluquaient sa femme n'avait rien à voir avec de l'affection fraternelle. C'était plutôt l'envie de la déshabiller et de la sauter qu'il lisait dans les regards masculins.

« Le choc viendra de l'extérieur. »

Le sexe était à la base de toutes les relations entre hommes et femmes. Il était bien placé pour le savoir. Et si ses récents fiascos constituaient pour lui une source de frustration fort compréhensible, il devait bien s'avouer aussi qu'il commençait à craindre que la patience de Donna ne s'émousse. Une fois à bout, elle commencerait à chercher ailleurs. Ce qui était naturel. Et elle ne tarderait pas à trouver.

« Le choc viendra de l'extérieur. Il vous bouleversera jusqu'au plus profond de votre être. »

« Et merde », songea Douglas. Si le chaos devait faire irruption dans sa vie à l'aube de son cinquante-cinquième anniversaire comme un rouleau compresseur, il y avait gros à parier que Donna serait au volant. Elle avait trente-cinq ans, et elle était sa troisième femme, depuis maintenant quatre ans. A première vue, elle avait l'air satisfaite, mais il connaissait suffisamment les femmes pour savoir que l'eau qui dort peut être trompeuse et dissimuler des récifs capables de faire couler une embarcation en deux temps trois mouvements pour peu que le capitaine perde les pédales. Et s'il y a une chose qui vous fait perdre les pédales, c'est l'amour. L'amour vous rend cinglé.

Certes, il n'était pas cinglé, il avait toute sa lucidité. Mais quand on est amoureux d'une femme de vingt ans plus jeune que soi, d'une femme dont l'odeur fait frissonner les narines de tous les mâles croisant dans les parages, d'une femme qu'on n'arrive plus à combler physiquement chaque soir... qu'on n'a pas comblée depuis des semaines...

« Arrête ton cinéma, se dit brutalement Douglas. Ces histoires de voyance, c'est du bidon, compris ? » Pourtant, il continua à penser au choc qu'il allait recevoir, au bouleversement qu'il allait entraîner, à l'origine de ce choc, au fait qu'il s'agissait de quelque chose d'extérieur. Pas de sa prostate, de son sexe, ni d'aucun de ses organes. Mais d'un autre être humain. « Merde », dit-il.

Il s'engagea dans la montée menant à Jamboree Road, une autoroute à six voies bordée de liquidambars rabougris qui traversait l'un des secteurs immobiliers les plus cotés du comté d'Orange. Il atteignit bientôt la tour de verre fumé où siégeait la South Coast Oil.

Une fois à l'intérieur, il lui fallut « négocier » une rencontre impromptue avec deux ingénieurs maison, une brève conversation avec un géologue brandissant carte d'état-major et documents officiels et un entretien à bâtons rompus avec le chef du service comptabilité. Lorsqu'il réussit finalement à rallier son bureau, sa secrétaire lui tendit une poignée de messages pris en note.

— Et votre pique-nique, ça s'est bien passé ? Le temps est fabuleux, fit la jeune femme.

Voyant qu'il ne bronchait pas, elle crut bon d'ajouter :

— Tout va comme vous voulez, monsieur Armstrong ?

— Oui. Quoi ? Oui, oui, dit-il en parcourant les messages porteurs de noms qui ne lui disaient absolument plus rien.

Il s'approcha de la fenêtre derrière son bureau et contempla le paysage à travers le verre fumé. A ses pieds, l'aéroport du comté d'Orange, d'où les appareils décollaient à une cadence soutenue. Les jets fendaient le ciel en dessinant un angle si aigu qu'il constituait un défi à la raison et aux lois de l'aérodynamique dans le même temps qu'il protégeait l'ouïe délicate des millionnaires résidant dans les parages. Douglas observa les avions sans les voir. Il lui fallait rappeler les gens qui lui avaient laissé des messages, mais il n'arrivait pas à se sortir de la tête les mots de Thistle : un choc extérieur.

Qu'y avait-il de plus extérieur désormais que Donna ?

Obsession. Elle portait *Obsession.* Elle s'en mettait derrière les oreilles et sous les seins. Chaque fois qu'elle traversait une pièce, elle laissait son parfum dans son sillage.

Ses cheveux foncés brillaient au soleil. Courts, sobrement coupés avec une amorce de raie à gauche, ils lui tombaient doucement à hauteur de l'oreille.

Ses jambes étaient longues, interminables, sa démarche ample, assurée. Et quand elle marchait près de lui — main au creux de son bras, tête rejetée en arrière —, elle était le point de mire général. Amis, connaissances, passants, inconnus, tout le monde enviait leur couple.

Cette envie était inscrite sur les traits de tous ceux qu'il croisait quand il était en compagnie de Donna. A l'Opéra, au théâtre, au concert, au restaurant, les regards convergeaient vers Douglas Armstrong et son épouse. Sur les visages des femmes, il lisait l'envie de retrouver jeunesse, peau lisse, enthousiasme, fécondité. Sur ceux des hommes, il lisait le désir.

Il avait toujours eu plaisir à enregistrer les réactions que suscitait sa femme. Mais maintenant il se rendait compte que son pouvoir de séduction constituait un danger et surtout une menace pour sa tranquillité d'esprit.

« Un choc, avait dit Thistle. Attendez-vous à recevoir un choc. Qui va modifier radicalement votre existence. »

A peine rentré chez lui, ce soir-là, Douglas entendit l'eau couler. Bâtie sur une colline, sa villa, avec ses cinq cents mètres carrés de sol en pierre calcaire, plafonds voûtés et baies vitrées, donnait à l'ouest sur l'océan et à l'est sur les lumières du comté d'Orange. La maison lui avait coûté une fortune, mais il avait casqué sans sourciller. L'argent ne signifiait rien pour lui ; c'était pour Donna qu'il avait acheté la propriété. S'il était arrivé à Douglas d'avoir des doutes au sujet de sa femme — provoqués par ses piètres prestations —, en entendant l'eau couler il entrevit la vérité. Car Donna était sous la douche.

Il contempla sa silhouette derrière les pavés de verre translucide. Elle se lavait les cheveux. Elle ne s'était pas encore aperçue de son arrivée et il l'observa un moment, balayant du regard les seins dressés, les hanches, les longues jambes. Normalement, elle préférait les bains — bains de mousse voluptueux dans la baignoire ovale surélevée d'où on apercevait les lumières de la ville d'Irvine. La douche suggérait un lavage sérieux et énergique. Et le shampooing… Eh bien, le shampooing, ce qu'il suggérait, c'était limpide. Les odeurs restaient imprégnées dans les cheveux : cigarette, ail frit, poisson, sperme, sexe. Ces deux dernières surtout pouvaient vous trahir. Voilà pourquoi elle se lavait les cheveux.

Ses vêtements gisaient en tas par terre. Avec un coup d'œil furtif à la douche, Douglas fouilla dedans et récupéra les sous-vêtements en dentelle. Il connaissait les femmes. Il connaissait sa femme. Si elle avait passé l'après-midi avec un homme, ses sécrétions intimes auraient amidonné le fond de sa petite culotte en séchant et il n'aurait aucun mal à flairer l'odeur du sexe. La petite culotte allait lui fournir la preuve qu'il cherchait. Il l'approcha de son visage.

— Doug ! Tu peux me dire à quoi tu joues ?

Douglas laissa tomber le slip, pommettes cramoisies, en nage. Donna le fixait depuis l'entrée de la cabine, les cheveux pleins de shampooing, lequel lui dégoulinait le long de la joue gauche. Elle les ramena en arrière.

— Et *toi*, qu'est-ce que tu fabriques ?

Trois mariages et deux divorces lui avaient appris que la meilleure façon de déstabiliser l'adversaire est de lancer une contre-attaque fulgurante. Il s'aperçut une fois de plus que cette stratégie n'avait rien perdu de son efficacité.

Elle lui tourna le dos et se remit sous le jet — très astucieux de sa part : il ne pouvait plus voir son visage.

— Ça ne se voit pas ? Je prends une douche. Seigneur, tu parles d'une journée !

Il s'approcha pour pouvoir la regarder. La douche n'était pas fermée par une porte pleine, mais par une simple cloison transparente. Il allait inspecter son corps, y chercher les marques révélatrices ; en effet, quand Donna faisait l'amour, elle n'y allait pas de main morte, et, forcément, ça laissait des traces. Elle ne se rendrait même pas compte qu'il l'examinait, puisque, la tête sous l'eau, elle se rinçait les cheveux.

— Steve a appelé, il était mal fichu, fit-elle. J'ai dû me taper tout le boulot au chenil.

Elle élevait des labradors chocolat, et il avait fait sa connaissance en cherchant un chien pour le plus jeune de ses fils. Un vétérinaire lui avait communiqué ses coordonnées à Midway City — quelque trois kilomètres carrés de chenils et de bâtiments en stuc déglingués datant de l'après-guerre. Drôle d'endroit où s'installer quand on avait grandi dans le quartier huppé de Corona del Mar. Mais c'était ça qui lui avait plu chez Donna : elle était hors normes. Ce n'était ni une écervelée tout juste bonne à se tortiller sur les plages ni un banal spécimen de la Californie du Sud. C'est du moins ce qu'il avait pensé jusqu'à présent.

— Le plus dur, ç'a été de nettoyer les niches. Le toilettage, passe encore. Mais les box, c'est l'horreur. Quand je suis rentrée, j'empestais la crotte.

Elle arrêta l'eau et attrapa deux serviettes, s'entortillant la tête dans l'une et le corps dans l'autre. Elle sortit de la cabine avec le sourire.

— C'est bizarre, non ? Mais il y a des odeurs, comme ça, qui collent à la peau.

Elle l'embrassa et ramassa ses vêtements, qu'elle s'empressa de mettre au sale. Hors de vue, on n'y pense plus, devait-elle se dire. Elle avait oublié d'être bête.

— C'est la troisième fois en quinze jours que Steve me fait faux bond et se fait porter pâle.

Elle se dirigea vers la chambre tout en se séchant. Avec son naturel habituel, elle laissa tomber la serviette et commença à s'habiller, enfilant sous-vêtements ultra-fins, collant noir, tunique argent.

— S'il continue comme ça, je vais devoir me séparer de lui. J'ai besoin de quelqu'un sur qui je peux compter. Et s'il n'est pas capable de remplir sa part du contrat...

Intriguée, elle fronça les sourcils.

— Que se passe-t-il, Doug ? Tu en fais une tête ? Il y a quelque chose qui ne colle pas ?

— Non, fit-il, persuadé d'avoir repéré un suçon sur son cou.

Il s'approcha pour mieux voir. Il lui prit le menton dans la main, lui renversant la tête en arrière comme pour l'embrasser. L'ombre portée par la serviette qui lui servait de turban s'évanouit, révélant une peau lisse de bébé. Et alors ? Elle n'était pas stupide au point de permettre à un malabar de la marquer dans le cou même si ce dernier avait réussi à l'amener au bord de l'extase. Elle n'était pas idiote, la petite Donna. Mais quand même pas aussi intelligente que son mari.

Le lendemain, à cinq heures quarante-cinq, il se rendit au service du personnel. C'était une meilleure idée que de consulter les pages jaunes, car le privé chargé d'enquêter sur les antécédents des cadres désireux d'intégrer la South Coast Oil était compétent et discret. Personne ne s'était encore plaint qu'un détective à la manque fût allé fouiner dans son passé.

Le service était désert, ainsi que Douglas l'espérait. Les économiseurs d'écran fonctionnaient à plein régime : bancs de poissons, lancers de ballons, jets de bulles. Le bureau du directeur, à l'autre bout du service, était éteint et fermé à clé mais Douglas avait un passe. Il entra dans la pièce et alluma.

Il dénicha le nom qu'il cherchait au milieu des bristols fatigués du Rolodex du directeur, outil de travail anachronique dans une entreprise entièrement informatisée. Cowley & fils, Enquêtes. Suivaient un numéro de téléphone et une adresse sur la péninsule de Balboa.

Douglas examina les coordonnées. « Vaut-il mieux savoir ou vivre dans une bienheureuse ignorance ? », se demanda-t-il en cet instant fatidique. Seulement, il ne nageait pas dans le bonheur, n'est-ce pas ? Et ce depuis qu'il avait cessé de fournir les prestations qu'une femme est en droit d'attendre d'un homme normalement constitué. Alors, mieux valait savoir. Il fallait qu'il sache. La connaissance et le pouvoir allaient de pair. Et le pouvoir permettait d'avoir le contrôle de la situation. Il avait besoin des deux.

Il décrocha le téléphone.

Douglas déjeunant toujours dehors — sauf lorsqu'il avait une réunion prévue avec des géologues ou des ingénieurs —, nul ne broncha lorsqu'il quitta la South Coast Oil le lendemain avant midi. Il reprit Jamboree Road pour rejoindre Pacific Coast Highway. Mais cette fois, au lieu de prendre la direction du nord vers Newport, où officiait Thistle, il franchit l'autoroute et descendit vers un petit pont au-dessus d'une étendue d'eau huileuse séparant le continent d'un lopin de terre en forme d'amibe qui n'était autre que l'île de Balboa.

En été, l'île était infestée de touristes, les rues encombrées de voitures, les trottoirs de bicyclettes. Jamais les gens du cru ne se risquaient à Balboa en cette saison. A moins d'avoir une sérieuse raison pour cela ou bien d'y vivre. Mais, l'hiver, l'endroit était pratiquement désert. Douglas mit moins de cinq minutes pour se frayer un chemin à travers les rues étroites et atteindre la pointe nord de l'île où était amarré le ferry qui transportait voitures et piétons de l'autre côté de la péninsule.

Là, un manège surmonté d'une toile rayée et une grande roue, qui tournaient tels les deux pignons d'une horloge monumentale, indiquaient que l'on se trouvait dans Fun Zone, véritable cauchemar des policiers du coin en été. Ce jour-là, aucune bande de jeunes ne rôdait dans le secteur, bombe de peinture au poing. Ne traînaient dans le coin qu'un paraplégique en fauteuil roulant et son compagnon à vélo.

Douglas les dépassa en descendant du ferry. Ils étaient tellement absorbés dans leur discussion que la grande roue et le manège auraient pu tout aussi bien ne pas exister. Quant à Douglas et à sa Mercedes bleue, ils ne les remarquèrent pas davantage. L'homme d'affaires en fut soulagé : il n'avait pas particulièrement envie de se faire repérer.

Il se gara à deux pas de la plage, sur un parking où le quart d'heure coûtait vingt-cinq cents. Il fourra quatre pièces dans la fente. Il brancha l'alarme de la voiture et mit le cap à l'ouest vers Main Street, sorte de chemin de soixante mètres de long bordé d'arbres qui partait d'un restaurant de style Nouvelle-Angleterre, donnant sur Newport Harbor, pour aboutir à la jetée de Balboa, qui filait dans l'océan Pacifique, aujourd'hui gris-vert et calme.

Il n'eut aucun mal à trouver le 107-B dans Main Street. C'était un immeuble d'un étage dont le rez-de-chaussée abritait un salon de coiffure rétro truffé de plantes en pot, d'ouvrages en macramé, d'affiches de Janis Joplin et baptisé, bien sûr, Chez JJ. Le premier étage était divisé en bureaux, auxquels on accédait par un escalier de conception artisanale qui s'amorçait à l'extrémité nord du bâtiment. Le 107-B, à l'étage, correspondait à la première porte. Chez JJ portait le numéro 107-A. Lorsque Douglas tourna la poignée de cuivre terni sous la plaque elle aussi ternie indiquant *Cowley & fils, Enquêtes*, il constata avec agacement que c'était fermé.

Fronçant les sourcils, il consulta sa Rolex. Il avait rendez-vous à midi et quart. Et il était midi dix. Où diable se trouvait donc Cowley ? Et son fils ?

Il rebroussa chemin jusqu'à l'escalier, prêt à regagner sa voiture et à empoigner son téléphone portable pour tenter de débusquer Cowley et le traiter de tous les noms pour lui avoir posé un lapin. Il n'avait pas descendu trois marches qu'il avisa un homme en kaki qui s'avançait vers lui, sifflant un soda à l'orange à l'aide d'une paille avec un enthousiasme de teen-ager. Ses cheveux gris clairsemés, son visage ridé par le soleil lui donnaient plutôt l'allure d'un sexagénaire que d'un môme de douze ans. Sa tenue et sa démarche boitillante suggéraient de vieilles blessures de guerre.

— C'est vous, Cowley ? fit Douglas depuis l'escalier.

L'homme agita son Orange Julius en guise de réponse.

— C'est vous, Armstrong ?

— Exact. Ecoutez, je n'ai pas beaucoup de temps.

— Personne n'a beaucoup de temps, mon gars, dit Cowley en se hissant dans l'escalier.

Il hocha la tête d'un air amical, tira sur sa paille et dépassa Douglas en laissant dans son sillage un effluve de lotion après-rasage que ce dernier n'avait pas dû sentir depuis au moins vingt ans. *Canoë*. Seigneur ! Ça existait encore, ce truc-là ?

Cowley ouvrit la porte et, de la tête, fit signe à Douglas d'entrer. Le bureau comprenait deux pièces. L'une, meublée de façon spartiate, était une salle d'attente, qu'ils traversèrent pour gagner le sanctuaire de Cowley. La pièce maîtresse en était un bureau métallique vert olive. Des classeurs métalliques et des étagères du même style complétaient le mobilier.

L'enquêteur s'approcha d'un vieux fauteuil en chêne derrière le bureau et, sans s'y laisser tomber, commença par ouvrir un tiroir. Alors que Douglas s'attendait à le voir en sortir une flasque de bourbon, il y pêcha un flacon de gélules jaunes. Il en fit tomber deux au creux de sa main et les avala avec une longue gorgée d'Orange Julius. Puis il s'assit dans son fauteuil, les bras sur les accoudoirs.

— J'ai de l'arthrite, expliqua-t-il. Je traite cette saloperie à l'homéopathie. Accordez-moi une minute. Je vous en offre ?

— Non.

Douglas consulta sa montre, histoire de bien faire comprendre à Cowley que son temps était précieux. Puis il s'approcha des étagères.

Il s'attendait à y trouver des ouvrages sur les armes, un Code pénal, des manuels sur les gadgets de surveillance, bref des livres destinés à rassurer les clients potentiels, à leur montrer qu'ils avaient frappé à la bonne porte. Mais au lieu de cela il ne découvrit que de la poésie, des dizaines et des dizaines de volumes de poésie soigneusement rangés par ordre alphabétique d'auteur, de Matthew Arnold à William Butler Yeats. Sa découverte le rendit légèrement perplexe.

Çà et là sur les étagères, des photos. Pour la plupart, des instantanés maladroitement encadrés de bambins souriants, grand-mère grisonnante, jeunes adultes. Au milieu des photos, dans un cadre en Plexiglas, une décoration. Le Purple Heart. Douglas s'en empara. C'était la première fois qu'il en voyait un. Il fut content de constater qu'il avait vu juste concernant la démarche boitillante de Cowley.

— Vous avez vu le feu, dit-il.

— Mon postérieur a vu le feu, pas moi, corrigea Cowley.

Douglas lui jetant un coup d'œil, le privé poursuivit :

— Ouais, c'est mon postérieur qui a trinqué dans l'histoire. La merde, quoi !

Lâchant les accoudoirs de son fauteuil, il croisa les mains sur son ventre. Comme celui de Douglas, ce ventre aurait pu être plus plat. Les deux hommes se ressemblaient physiquement : râblés, capables de faire du lard s'ils ne se remuaient pas régulièrement, trop grands pour être considérés comme petits et trop petits pour être qualifiés de grands.

— Qu'est-ce que je peux faire pour vous, monsieur Armstrong ?

— Il s'agit de ma femme, dit Douglas.

— Votre femme ?

— Je crois qu'elle...

Le moment était venu d'exposer son problème, et Douglas se demandait s'il allait y parvenir. Aussi questionna-t-il :

— C'est qui, le fils ?

— Quoi ?

— Sur votre plaque. Cowley & fils. Mais il n'y a qu'un bureau. Alors, je me demandais...

Cowley prit son Orange Julius et but avec sa paille.

— Il est mort, dit-il. Tué par un chauffard complètement bourré. Sur l'autoroute d'Ortega.

— Désolé.

— La merde, quoi ! Et vous, c'est quoi, vos emmerdes ?

Douglas remit la décoration à sa place. Apercevant la grand-mère grisonnante, il s'enquit :

— Votre femme ?

— Maureen, oui. Quarante ans qu'on est mariés.

— Vous avez passé quarante ans avec la même femme ? J'en suis à ma troisième. Vous devez avoir un truc.

— Elle a le sens de l'humour.

Cowley ouvrit le tiroir du milieu et en sortit un bloc et un bout de crayon. En haut de la feuille, il écrivit ARMSTRONG, en capitales qu'il souligna.

— Vous parliez de votre femme…

— J'ai l'impression qu'elle a une liaison. Je veux savoir si c'est vrai, et qui c'est.

Cowley reposa son crayon avec soin et observa Douglas un bon moment. Dehors, une mouette poussa un cri rauque.

— Qu'est-ce qui vous fait croire qu'elle se tape un autre mec ?

— Vous voulez des preuves avant d'accepter de vous charger de l'affaire ? Mais je croyais que c'était pour ça que je vous engageais. Pour les trouver, les preuves, justement.

— Vous ne seriez pas en face de moi si vous n'aviez pas de sérieux soupçons. Lesquels ?

Douglas battit le rappel de ses souvenirs. Pas question de raconter à Cowley qu'il avait reniflé la petite culotte de Donna. Aussi passa-t-il en revue son comportement de ces dernières semaines. Ce faisant, il s'aperçut que ce n'étaient pas les preuves qui manquaient. Seigneur, comment avait-il pu ne pas s'en rendre compte plus tôt ? Elle avait changé de coiffure. Acheté de nouveaux sous-vêtements — chez Victoria's Secret — en dentelle noire. Deux fois, il l'avait surprise au téléphone en rentrant, et à peine avait-il mis le pied dans la pièce qu'elle avait raccroché. Elle s'était absentée à deux reprises au moins et sous des prétextes pour le moins faiblards. Et puis elle avait eu six ou sept rendez-vous, prétendument avec des amis.

Cowley hocha pensivement la tête lorsque Douglas énuméra ses soupçons. Puis il dit :

— Vous lui avez donné une bonne raison de vous tromper ?

— Comment ça, une raison ? C'est moi le coupable, maintenant ?

— Les femmes ne font des bêtises que si on leur donne une raison d'en faire.

Cowley examina son visiteur de sous ses sourcils en broussaille. Douglas constata qu'il avait un début de cataracte à un œil. Nom de Dieu ! Ce type était une véritable antiquité.

— Pas la moindre, dit Douglas. Je ne la trompe pas. Je n'y songe même pas.

— Elle est jeune. Et vous…

Cowley haussa les épaules :

— Les vieux ont parfois des problèmes. Et les petites jeunes pas toujours la patience ni l'envie de comprendre.

Douglas brûlait de faire remarquer à Cowley qu'il avait au bas mot dix bonnes années de moins que lui et n'était pas près de rejoindre le club des vieux. Mais le privé le regardait avec compassion ; alors, au lieu de se mettre en rogne, Douglas lui dit la vérité.

Cowley attrapa son Orange Julius, éclusa son gobelet en carton, qu'il expédia dans la poubelle.

— Les femmes ont des besoins, dit-il en désignant successivement son entrejambe et sa poitrine. Un homme intelligent ne confond pas ce qui se passe là… (il désigna son entrejambe)… et ce qui se passe là (… et de désigner sa poitrine).

— Peut-être que je ne suis pas intelligent. Alors, vous allez m'aider ?

— Vous êtes sûr que vous voulez de l'aide ?

— Je veux savoir la vérité. La vérité, je peux la supporter. Ce que je ne supporte pas, c'est l'incertitude. Je veux savoir à quelle sauce je suis mangé.

Cowley examina attentivement Douglas, comme s'il s'efforçait d'évaluer sa sincérité. Il parut prendre une décision, mais cette décision ne le fit pas sauter de joie car, secouant la tête, il attrapa son crayon et dit :

— Très bien, donnez-moi des détails. A supposer que vous ayez un rival, de qui peut-il s'agir ? Vous avez une idée ?

Douglas avait déjà réfléchi à la question, bien sûr. Il y avait Mike, qui entretenait la piscine une fois par semaine. Steve, qui travaillait avec Donna au chenil de Midway City. Jeff, avec qui elle faisait de la gym. Il y avait aussi le facteur, le livreur de Federal Express, et le gynécologue de Donna, quasiment un gamin.

— J'en conclus que vous acceptez de vous charger de mon affaire ? fit Douglas à Cowley.

Il sortit son portefeuille, d'où il extirpa une liasse de billets.

— Je vais vous verser un acompte.

— Je n'ai pas besoin d'espèces, monsieur Armstrong.

— Je préfère...

Douglas n'avait pas envie de régler par chèque, ce qui aurait laissé des traces.

— Combien de temps vous faut-il ?

— Disons quelques jours. Si elle se tape un autre type, il finira bien par faire surface. C'est généralement le cas.

Cowley avait l'air profondément triste.

— Votre femme vous a déjà trompé ? questionna astucieusement Douglas.

— Si elle l'a fait, c'est que je le méritais.

Ça, c'était la philosophie de Cowley mais pas celle de Douglas. Lui ne méritait pas qu'on le trompe. Personne ne méritait d'être trompé. Et quand il aurait découvert qui faisait joujou avec sa femme... Eh bien, ils auraient affaire à une forme de justice que même Attila n'aurait pas eu le courage de rendre.

Sa décision se renforça encore ce soir-là dans la chambre lorsque le baiser dont il gratifiait sa femme pour lui dire bonsoir fut interrompu par la sonnerie du téléphone. Donna se dégagea pour aller décrocher. Avec un sourire à Douglas, elle rejeta ses cheveux en arrière d'un geste très sexy et passa ses doigts fins dans sa chevelure tout en prenant le combiné.

Douglas suivit la conversation en se changeant. Il l'entendit lancer d'une voix vibrante :

— Oui, oui. Bonjour... Non... Doug vient de rentrer, et nous bavardions...

Comme ça, maintenant, son correspondant savait qu'il était dans la pièce. Douglas imagina ce que le salopard lui répondait : « Autrement dit, tu ne peux pas parler ? » A quoi Donna, comme si on lui avait soufflé la réplique, rétorqua :

— Non. Absolument pas.

(Tu veux que je rappelle plus tard ?)

— Ce serait bien.

(C'est aujourd'hui que c'était bien. J'adore te faire l'amour.)

— Vraiment ? Il va falloir que je vérifie.

(Attends, c'est moi qui vais vérifier si tu mouilles, baby.)

— Bien sûr que oui. Ecoute, on se rappelle, d'accord ? Il faut que je prépare le dîner.

(Du moment que tu te souviens d'aujourd'hui...)

— Ç'a été formidable. Tu es formidable. Très bien. Au revoir.

Elle raccrocha, s'approcha de lui. Elle lui passa les bras autour de la taille.

— Ouf, j'ai réussi à m'en débarrasser. Cette Nancy Talbert... Pour elle, il n'y a rien de plus important que les soldes de Neiman-Marcus. Quelle plaie, cette fille !

Elle se colla contre lui. Il ne pouvait distinguer son visage, seulement sa nuque et ses cheveux que reflétait la glace.

— Nancy Talbert, je la connais ?

— Bien sûr que tu la connais, chéri.

Elle se serra plus fort contre lui. Une douce chaleur envahit le bas-ventre de Douglas consterné : il savait que cette sensation ne déboucherait sur rien.

— Nous sommes membres du même club. Les Soroptimistes. Tu l'as rencontrée le mois dernier, nous sortions d'un spectacle de ballet. Mmmmm, c'est bon. J'adore que tu me serres contre toi. Je mets le dîner en route ou tu veux qu'on s'allonge une minute ?

Encore une manœuvre astucieuse. Comment pouvait-il penser qu'elle le trompait alors qu'elle affirmait le désirer encore, bien qu'il fût incapable de concrétiser ? Elle était de tout cœur avec lui et le lui prouvait par ses chatteries. Enfin, elle essayait.

— J'aimerais bien, dit-il en lui flanquant une tape sur les fesses. Mais mangeons d'abord. Après, sur la table de la salle à manger...

Il réussit à lui faire un clin d'œil qui se voulait salace :

—... On verra ce qu'on verra, poussin.

Eclatant de rire, elle le relâcha et se dirigea vers la cuisine. Il s'approcha du lit, où il s'assit, déprimé. La comédie était une torture. Il lui fallait savoir la vérité.

Il resta sans nouvelles de Cowley & fils pendant deux interminables semaines au cours desquelles il lui fallut encaisser sans broncher trois autres conversations téléphoniques énigmatiques entre Donna et son amant, quatre séries d'excuses bidon pour expliquer des départs impromptus et deux autres douches en plein midi mises sur le compte de nouvelles absences de Steve. Lorsqu'il eut enfin Cowley au bout du fil, les nerfs de Douglas étaient à vif. Cowley avait du nouveau.

— Pourquoi ne pas déjeuner ensemble ? suggéra-t-il. On pourrait se donner rendez-vous au Tail of the Whale.

Pas question de déjeuner, coupa Douglas. Il se sentait incapable d'avaler fût-ce une bouchée. Il retrouverait Cowley à son bureau à midi quarante-cinq.

— Disons plutôt sur la jetée, alors, fit Cowley. Je grignoterai un morceau chez Ruby, et on pourra bavarder après. Vous connaissez Ruby ? C'est au bout de la jetée.

Oui, il connaissait Ruby. C'était un snack style années 50. Il y retrouva Cowley comme convenu à une heure moins le quart. Le privé était en train de terminer un cheese burger et des frites, une enveloppe en papier kraft posée près de son milk-shake à la fraise.

Cowley portait les mêmes vêtements kaki que le jour où ils s'étaient rencontrés. Simplement, il avait complété sa tenue par un panama. Il porta l'index à son chapeau tandis que Douglas approchait. La bouche pleine, il mastiquait activement, ce qui lui donnait l'air d'un hamster.

Douglas se glissa dans le box en face du privé et tendit le bras pour attraper l'enveloppe. Cowley abattit sa main dessus.

— Un instant, dit-il.

— Il faut que je sache.

Cowley fit glisser l'enveloppe sur la banquette de vinyle près de lui. Tout en jouant avec sa paille, il observa Douglas.

— Ce sont des photos, dit-il. De simples photos. Et les photos, ce n'est pas forcément la vérité. Vous en êtes conscient ?

— Très bien. Des photos.

— Je file votre femme et je la photographie. Mais ce que je fixe sur la pellicule et la réalité, ça fait deux. Vous me suivez toujours ?

— Montrez-les-moi.

— Dehors.

Cowley jeta un billet de cinq et trois billets de un dollar sur la table, lança : « A plus tard, Suzie ! » à la serveuse, et passa devant.

Il se dirigea vers la balustrade, d'où il contempla l'océan. Un petit bateau d'excursion avait jeté l'ancre à quelque cinq cents mètres du bord. Il était trop tôt pour apercevoir une colonie de baleines lors de sa migration vers l'Alaska ; mais les touristes qui étaient à bord ne le savaient sans doute pas. En tout cas, leurs jumelles scintillaient au soleil.

Douglas s'approcha du privé.

— Sachez que votre femme ne se comporte pas comme quelqu'un qui a quelque chose à cacher, monsieur Armstrong. Elle vaque tranquillement à ses occupations. Certes, elle a rencontré des hommes — inutile de vous le dissimuler —, mais je n'ai pas réussi à la surprendre en train de faire quoi que ce soit de répréhensible.

— Donnez-moi ces photos.

Cowley lui décocha un regard acéré : Douglas savait très bien que sa voix l'avait trahi.

— Et si on la filait encore quinze jours ? suggéra Cowley. Ce que j'ai là, c'est bien mince.

Il ouvrit l'enveloppe. Il se tenait de façon que Douglas ne vît que l'envers des photos. Il y en avait trois jeux, qu'il lui montra un par un.

Le premier jeu avait été pris à Midway City non loin du chenil, au magasin de nourriture pour chiens où Donna avait coutume de s'approvisionner. Sur ces clichés, on la voyait charger des sacs de cinquante livres à l'arrière de son pick-up Toyota. Un type du genre à poser pour Calvin Klein en jean moulant et tee-shirt lui donnait un coup de main. Ils riaient tous les deux. Sur l'un des instantanés Donna avait relevé ses lunettes sur son front pour mieux voir son compagnon.

On aurait dit qu'elle flirtait mais, après tout, c'était une jeune et jolie femme. Et le flirt n'était qu'un jeu innocent. Certes, elle aurait pu avoir l'air moins ravie de bavarder avec cet apollon, mais c'était une femme d'affaires, et elle faisait des affaires. Ça, Douglas le comprenait, il l'admettait.

Le second jeu avait été pris dans le gymnase de Newport où Donna s'entraînait deux fois par semaine avec un moniteur. Le moniteur était un de ces types body-buildés dont la chevelure luxuriante et soignée devait nécessiter des séances quotidiennes chez le coiffeur. Donna était en tenue de gym — Douglas l'avait déjà vue ainsi vêtue —, mais il remarqua pour la première fois avec quel soin elle avait coordonné les différents éléments de son ensemble. Collant, justaucorps, bandeau : tout cela la mettait particulièrement en valeur. Le moniteur, d'ailleurs, semblait s'en être aperçu, car il se tenait accroupi devant elle tandis qu'elle faisait des ciseaux à la verticale, jambes généreusement écartées. Il avait l'air bigrement concentré. Ça devenait plus sérieux.

Au moment où il allait demander à Cowley de filer ce bellâtre, le privé lui dit :

— Pas d'attouchements suspects, je vous rassure tout de suite.

Puis il lui tendit le troisième jeu de photos en précisant :

— Ce sont les seules qui me semblent un peu compromettantes. Mais, si ça se trouve, il n'y a pas de quoi fouetter un chat. Vous connaissez ce type ?

Douglas fixa la photo tandis que dans sa tête résonnait la phrase du privé : « Vous connaissez ce type ? Vous connaissez ce type ? » Contrairement aux précédents, les clichés de Donna et du troisième homme avaient été pris dans différents endroits. Donna dans un restaurant du front de mer. Donna sur le ferry de Balboa. Donna marchant à Newport. Sur chacun d'eux elle était en compagnie d'un homme, toujours le même. Sur chacun d'eux il y avait des contacts physiques. Rien de choquant, parce qu'ils étaient en public. Mais c'était quand même le genre de contacts révélateurs : bras autour des épaules, baiser sur la joue, étreinte franche et massive du genre « sens-moi ça, baby ; la mienne, c'est du béton ».

Douglas eut l'impression que son univers s'écroulait, mais il réussit à sourire.

— Oh merde ! Là, j'ai vraiment l'impression d'être un drôle de crétin.

— Pourquoi ça ?

— Parce que ce type, fit Douglas en indiquant l'homme athlétique qui accompagnait Donna, c'est son frère, figurez-vous.

— Vous rigolez !

— Non. Il est entraîneur au lycée de Newport Harbor. Il s'appelle Michael.

Douglas agrippa la balustrade d'une main et secoua la tête, feignant la déception.

— C'est tout ce que vous avez ?

— C'est tout. Je peux la filer encore quelque temps, si vous voulez, histoire de…

— Inutile, laissez tomber. Bon sang, quel imbécile je fais !

Douglas déchira les photos, dont il fit des confettis qu'il jeta dans l'eau, où ils flottèrent tel un manteau que les vagues eurent tôt fait de déchirer en mille morceaux.

— Combien je vous dois, monsieur Cowley ? Combien le triste abruti que je suis doit-il casquer pour s'être méfié de la femme la plus formidable du monde ?

Douglas emmena Cowley chez Dillman, au coin de Main et de Balboa Boulevard. Ils s'installèrent au bar en forme de serpent avec les habitués, et éclusèrent quelques bières. Douglas en fit des tonnes dans le genre affable, jouant le mari penaud qui s'aperçoit tout d'un coup qu'il s'est conduit comme un parfait crétin. Il passa en revue les faits et gestes de Donna, les réinterprétant à l'intention de Cowley. Ses absences intempestives, il les mit sur le compte d'une surprise qu'elle lui préparait : achat d'une voiture neuve ; voyage en Europe ; remise à neuf de son bateau. Les coups de téléphone mystérieux devinrent des messages de ses enfants qui étaient dans la confidence, les sous-vêtements dernier cri, la preuve de son désir de l'émoustiller afin de le guérir de son impuissance passagère. Il dit à Cowley avoir l'impression d'être le dernier des imbéciles. Ne pouvaient-ils détruire ensemble ces fichus négatifs ?

Ils transformèrent cela en véritable cérémonie, brûlant les négatifs dans l'allée derrière Chez JJ. Après quoi, Douglas se rendit au lycée de Newport Harbor dans un état second. Il se gara en face de l'établissement, attendit deux heures. Enfin, il vit son jeune frère se pointer, un ballon de basket sous le bras, un sac de sport à la main.

Michael, songea-t-il. Retour de Grèce cette fois. Mais toujours dans le rôle du fils prodigue. Avant d'aller vadrouiller en Grèce, il avait passé un an avec Greenpeace sur le *Rainbow-Warrior*. Avant cela, il s'était joint à une expédition qui avait remonté l'Amazone. Et avant encore il avait défilé en Afrique du Sud pour protester contre l'apartheid. Il possédait un CV à rendre jaloux un gamin prépubère qui n'aurait songé qu'à se la couler douce. Michael, c'était l'aventure, l'irresponsabilité, le charme. Les bonnes intentions qui restaient lettre morte. Dès qu'il s'agissait de tenir une promesse, il n'y avait plus personne, il s'évaporait dans la nature. Pourtant, tout le monde l'aimait, ce salopard. A quarante ans, le plus jeune des frères Armstrong obtenait toujours exactement ce qu'il désirait.

Et maintenant, l'enfoiré, c'était Donna qu'il lui fallait. Et peu lui importait qu'elle fût l'épouse de son frère. Au contraire, cela devait rendre la chose encore plus drôle.

Douglas en était malade. Les tripes nouées, il se mit à transpirer. Impossible de retourner travailler, dans ces conditions. Il empoigna son téléphone et appela le siège.

Il dit à sa secrétaire qu'il était mal fichu. Sans doute avait-il mangé au déjeuner quelque chose qui n'était pas passé. Il rentrait chez lui. C'est là qu'elle pourrait le joindre en cas de besoin.

De retour à la villa, il erra de pièce en pièce. Donna ne serait pas de retour avant des heures, et cela lui laissait largement le temps de réfléchir. Il revit en esprit les photos que Cowley lui avait montrées. Et il en déduisit ce que Michael et Donna avaient fait avant que les clichés ne soient pris.

Il se dirigea vers son bureau. Dans leur vitrine, ses figurines érotiques semblaient le narguer. Les minuscules Asiatiques, figés dans les positions les plus variées, semblaient s'en payer une tranche. Il vit les traits de Michael et de Donna en surimpression sur ceux des statuettes au teint laiteux. Ils se donnaient du bon temps derrière son dos, prenant prétexte de ses fiascos. « Ma bite à moi, c'est du béton, raillait Michael. Qu'est-ce qui t'arrive, frérot ?

T'es pas capable de garder ta femme ? » Douglas se sentit anéanti. S'il avait surpris Donna avec quelqu'un d'autre, il aurait peut-être réussi à « gérer » la situation. Mais Michael..., Michael, c'était impossible. Toute sa vie, Michael l'avait nargué, réussissant dans les domaines où Douglas avait échoué. Au lycée, il avait brillé dans les disciplines sportives. A l'université, il s'était illustré dans les associations d'étudiants. Adulte, il avait choisi l'aventure plutôt que la routine du monde des affaires. Et, maintenant, il démontrait à Donna ce qu'était vraiment la virilité.

Douglas les voyait aussi nettement que ses statuettes érotiques. Corps enlacés, tête rejetée en arrière, hanches contre hanches. Seigneur, songea-t-il. Ces images allaient le rendre fou. Une envie de meurtre le saisit.

La compagnie du téléphone lui fournit la preuve dont il avait besoin. Il demanda un listing des appels qui avaient été passés de chez lui. Lorsqu'il le reçut, il y trouva le numéro de Michael. Non pas une ou deux fois, mais souvent. Et tous les appels avaient été passés en son absence.

C'était très astucieux de la part de Donna de profiter des soirées où Douglas assurait sa permanence téléphonique au standard de SOS-Suicide à Newport. Elle savait qu'il n'aurait pas manqué sa permanence du mercredi pour un empire, car cette activité était particulièrement importante pour son image de marque. Il briguait en effet un siège au conseil municipal, et la permanence téléphonique faisait partie de l'image qu'il souhaitait donner de lui-même : Douglas Armstrong, mari, père de famille, homme compatissant, capable de venir en aide aux individus en détresse. Car il lui fallait contrebalancer dans l'esprit du public les effets néfastes que son activité professionnelle avait sur l'environnement. Et SOS-Suicide lui permettait de faire comprendre à ses concitoyens que, s'il avait couvert de pétrole une poignée de vulgaires pélicans et quelques malheureuses otaries, jamais il ne laisserait tomber un être humain en difficulté.

Donna savait qu'il ne ratait pas une permanence, aussi avait-elle attendu qu'il soit au standard pour donner ses coups de fil à Michael. Et les appels étaient là, sur le listing. Tous passés entre six et neuf heures le mercredi soir.

Elle aimait le mercredi soir ? Eh bien, c'était un mercredi soir qu'il la tuerait.

Une fois qu'il fut certain qu'elle le trahissait, il s'aperçut que sa présence lui était insupportable. Donna sentait bien que quelque chose n'allait pas : il n'essayait plus de la toucher. Leurs trois tentatives d'accouplement hebdomadaires, pour désastreuses qu'elles aient pu être, cessèrent du jour au lendemain. Malgré cela, elle continuait à faire comme si de rien n'était, comme si personne ne s'était interposé entre eux, virevoltant à travers la chambre dans sa nuisette de chez Victoria's Secret, le poussant à se ridiculiser pour rire de lui avec Michael.

« Pas question, baby, songea Douglas. Tu vas regretter de t'être payé ma tête. » Lorsque finalement elle se lova contre lui au lit tout en murmurant : « Doug, il y a quelque chose qui ne va pas ? Tu veux qu'on parle ? Tu vas bien ? », il eut toutes les peines du monde à ne pas la repousser. Non, il n'allait pas bien. Et jamais plus il n'irait bien. Mais au moins il pouvait essayer de retrouver un semblant de dignité en rendant à cette petite garce la monnaie de sa pièce.

Une fois qu'il eut décidé de passer à l'action le mercredi suivant, il s'aperçut que tout était facile à organiser.

Un saut au magasin d'articles électroniques, et le tour serait joué. Il opta pour le plus fréquenté qu'il pût trouver au fin fond du *barrio* à Santa Ana et erra longuement dans le magasin en attendant que le plus jeune — qui était aussi le plus boutonneux et le moins vif — des vendeurs soit libre. Il régla en liquide l'achat d'un dispositif de transfert d'appel. C'était le gadget utilisé par les gens qui ne voulaient pas rater un seul appel. Pour ces gens-là, le répondeur ne suffisait pas. Le dispositif permettait d'effectuer le transfert d'un appel d'un numéro à un autre grâce à une puce électronique. Une fois que Douglas aurait programmé la puce avec le numéro auquel il voulait que les communications soient transférées, il aurait un alibi pour la nuit du meurtre. Un vrai jeu d'enfant.

Donna avait été la reine des idiotes d'essayer de le doubler. Mais elle avait été encore plus idiote en choisissant de le tromper le mercredi soir, car c'était ça qui lui avait donné l'idée de la façon dont il allait s'y prendre pour la liquider. Les bénévoles de SOS-Suicide se relayaient au standard. Ils travaillaient généralement par équipe de deux vu qu'il y avait deux lignes téléphoniques. Cela dit, les habitants de Newport Beach étaient rarement d'humeur suicidaire et lorsque par hasard ils avaient un coup de blues ils préféraient se précipiter chez Neiman-Marcus pour chasser leurs idées noires en vidant leur carte de crédit. Le mercredi était un jour particulièrement calme où les avaleurs de cachets et autres tailladeurs de poignets se manifestaient peu. Aussi une seule personne suffisait-elle pour tenir le standard.

Douglas prépara l'opération avec une minutie toute militaire. Il décida que Donna mourrait à huit heures et demie, ce qui lui laisserait le temps de quitter les locaux de SOS-Suicide en catimini, de foncer chez lui, de lui régler son compte et de retourner au standard avant l'arrivée de son remplaçant, à neuf heures. Certes, il avait calculé son coup au plus juste et ne s'était laissé qu'une marge d'erreur de cinq minutes, mais il ne pouvait pas faire autrement : c'était la seule façon de se constituer un alibi valable lorsque le corps serait retrouvé.

La chose devrait évidemment se faire sans bruit et sans effusion de sang. Le bruit réveillerait les voisins. Le sang le condamnerait s'il en avait ne fût-ce qu'une goutte sur ses vêtements, car les empreintes génétiques, ça ne pardonnait pas. Aussi choisit-il son arme avec le plus grand soin. Ultime ironie, il décida d'utiliser la ceinture de l'une des robes de chambre sexy censées le clouer sur place de désir. Donna en avait une demi-douzaine ; il en subtiliserait une dans son placard et, après en avoir retiré la ceinture, il la jetterait dans un conteneur à ordures derrière un grand magasin quelconque avant de tuer Donna. Ce détail lui plaisait bien : quel meurtrier avait jamais pensé à se débarrasser d'une pièce à conviction avant de commettre son crime ? Ensuite, à l'aide de la ceinture, il étranglerait l'infidèle.

Il emporterait le dispositif de transfert d'appel à la permanence, le brancherait, programmerait sur la puce le numéro de son téléphone portable, et ainsi il donnerait l'impression de se trouver dans un endroit alors que sa femme était assassinée dans un autre. Il s'assura que Donna était à la maison en lui téléphonant du bureau avant de se rendre à SOS-Suicide.

— Je ne suis pas dans mon assiette, lui dit-il à cinq heures quarante.

— Oh ! Doug ! Tu es malade ou bien tu déprimes à cause de…

— Je suis patraque, coupa-t-il.

Pas question de subir ses paroles de sympathie bidon.

— Ce doit être mon déjeuner qui n'est pas passé.

— Qu'est-ce que tu as mangé ?

— Rien.

Il n'avait rien avalé depuis deux jours. Toutefois, il lui parla vaguement de crevettes parce qu'il avait eu une intoxication alimentaire causée par des crevettes quelques années auparavant et qu'elle s'en souviendrait peut-être. Si elle se souvenait encore de quoi que ce soit le concernant...

— Je vais essayer de rentrer tôt de SOS-Suicide. A condition de me trouver un remplaçant. Je quitte le bureau, là. Si je déniche un remplaçant, je serai à la maison de bonne heure.

Il perçut de la contrariété dans sa voix lorsqu'elle répondit :

— Mais Doug... Comment cela, à quelle heure ?

— Aucune idée. Huit heures au plus tard, je pense. Quelle différence ça peut faire ?

— Aucune. Mais je pensais que tu aimerais peut-être grignoter...

Ce qu'elle pensait, c'est qu'elle allait devoir annuler sa séance torride avec son petit frère. Douglas sourit : il l'avait percée à jour.

— Je n'ai pas faim, Donna, bon sang. Tout ce que je veux, c'est me coucher. Tu seras là pour me masser le dos ? Tu n'as pas l'intention de sortir ?

— Pas du tout. Où est-ce que j'irais ? Doug, je te trouve bizarre. Il y a quelque chose qui ne va pas ?

— Non, non, fit-il.

Ce qu'il s'abstint de lui dire, c'est que tout irait bien, très bien. Il avait réussi à faire en sorte qu'elle se trouve où il voulait qu'elle soit : à la maison, et seule. Elle pouvait téléphoner à Michael et lui dire que, son frère rentrant tôt, leur rendez-vous était annulé ; mais, à supposer qu'elle l'appelle, la déposition de Michael après sa mort n'aurait aucune valeur puisque Douglas serait à même de prouver qu'il n'avait pas quitté les locaux de SOS-Suicide avant neuf heures.

Douglas devrait s'arranger pour déconnecter le transfert d'appel et s'en débarrasser sur le chemin du retour. Après quoi il arriverait chez lui à l'heure habituelle, c'est-à-dire à neuf heures vingt, pour « découvrir » le meurtre de sa bien-aimée. C'était un jeu d'enfant et tellement plus satisfaisant, comme solution, que de divorcer de cette petite salope.

Il se sentait étonnamment calme compte tenu des circonstances. Il était retourné chez Thistle. Cette fois, elle avait puisé l'inspiration dans sa

Rolex, son alliance et ses boutons de manchette. En l'accueillant, elle lui avait dit que son aura était puissante et qu'il émanait de lui une force certaine. En fermant les yeux, elle avait ajouté :

— Un changement important va survenir dans votre vie. Un changement d'air. Vous avez des projets de voyage ?

Peut-être. Il y avait des mois qu'il n'était pas parti. Avait-elle des destinations à lui suggérer ?

— Je vois des lumières, répondit-elle en poursuivant sur sa lancée, des caméras, des visages, beaucoup de visages. Vous êtes entouré de gens qui vous aiment.

Il s'agissait des obsèques de Donna, évidemment. Et la presse couvrirait l'événement. Il était quelqu'un, quand même. Les médias rendraient compte du meurtre de la femme de Douglas Armstrong. Quant à Thistle, elle découvrirait sa véritable identité si elle lisait le journal ou regardait les infos à la télé. Mais cela ne faisait aucune différence, puisqu'il n'avait jamais mentionné Donna et qu'il aurait un alibi en béton pour l'heure de sa mort.

Il arriva dans les locaux de SOS-Suicide à cinq heures cinquante-six. Il relevait une étudiante en psychologie de l'université de Californie, à Irvine : une certaine Debbie, qui avait hâte de filer.

— Deux appels en tout et pour tout, monsieur Armstrong. Si votre permanence est aussi mouvementée que la mienne, j'espère que vous avez apporté de quoi lire.

Il brandit son exemplaire de la revue *Money* et prit place au standard. Il laissa s'écouler dix minutes, puis sortit et alla chercher le transfert d'appel, resté dans sa voiture.

SOS-Suicide était situé dans le quartier des docks de Newport, un labyrinthe de rues étroites à sens unique qui traversaient le haut de la péninsule de Balboa. Le jour, boutiques d'antiquaires, magasins d'accastillage et de vêtements d'occasion attiraient gens du cru et touristes. La nuit, l'endroit se transformait en ville fantôme. Il n'y traînait plus qu'une poignée de beatniks New Age qui fréquentaient un boui-boui baptisé L'Alta Café à trois rues de là, et où des gamines anorexiques vêtues de noir de la tête aux pieds lisaient de la poésie en grattant de la guitare. Il n'y avait donc personne dehors pour voir Douglas entrer dans sa voiture et en ressortir et personne non plus à huit heures et quart pour le voir quitter les locaux exigus situés derrière une agence immobilière. A supposer qu'un désespéré appelle pendant qu'il rentrait chez lui en voiture, l'appel serait transféré sur son portable et il pourrait le prendre. Bon sang, son plan était parfait.

Tout en remontant la route en lacet conduisant à sa villa, Douglas remercia le ciel d'avoir choisi de vivre dans un quartier habité par des gens discrets recherchant avant tout la tranquillité. Comme celle de Douglas, les propriétés étaient retranchées derrière des murs et des portails et camouflées par des arbres. Il était rarissime qu'il aperçoive ses voisins. La plupart du temps, et c'était le cas ce soir, il n'y avait personne dehors. Et puis, à supposer qu'un voisin ait vu sa Mercedes franchir la colline, on était en janvier, il faisait noir et sa voiture n'était jamais qu'un véhicule de luxe de plus parmi les Rolls-Royce, Bentley, BMW, Lexus et Range-Rover qui roulaient dans le secteur. En outre, il avait décidé que s'il voyait quelqu'un ou quelque chose de louche il ferait demi-tour, rejoindrait la permanence et attendrait un autre mercredi pour agir.

Mais il ne vit rien d'anormal. Ni personne. Peut-être davantage de voitures en stationnement dans la rue. Mais elles étaient vides. La nuit était à lui.

En haut de l'allée, il coupa le moteur et descendit en roue libre vers la villa. A l'intérieur, pas de lumière. Donna devait être derrière, dans la chambre.

Il fallait qu'elle sorte. La maison était équipée d'une alarme qui n'aurait pas déparé la salle des coffres d'une banque cossue. Aussi fallait-il que le meurtre ait lieu dehors, où un voyeur devenu dingue, un cambrioleur ou un tueur en série l'aurait attirée. Il songea à Ted Bundy et à sa façon de piéger ses victimes en faisant appel à leur instinct maternel. Il décida d'utiliser la même méthode. Donna n'était pas du genre à refuser de rendre service.

A pas furtifs, il descendit de voiture et s'approcha de la porte. Il sonna avec le dos de la main de façon à ne pas laisser d'empreintes sur le bouton de la sonnette. Dix secondes plus tard, la voix de Donna jaillit de l'interphone.

— Oui ?

— Bonsoir, chérie. Je suis chargé. Tu peux venir m'ouvrir ?

— J'arrive.

Il sortit la ceinture en satin de sa poche et attendit. Il l'imagina traversant la maison. Il tordit le tissu lisse entre ses mains et tira dessus. Une fois qu'elle lui aurait ouvert, il lui faudrait agir avec la rapidité de l'éclair. Il n'aurait pas deux fois l'occasion de lui enrouler la corde autour du cou. Il devait profiter de l'effet de surprise.

Il entendit ses pas sur le carrelage. Etreignant le satin, il se prépara à passer à l'action. Il pensa à Michael. Il pensa à elle. Il pensa à ses statuettes érotiques. Il pensa à la trahison, à l'échec et à la confiance envolée. Elle méritait son sort. Ils le méritaient tous les deux. Son seul regret était de ne pas pouvoir liquider Michael dans la foulée.

Lorsque la porte s'ouvrit, il l'entendit qui disait :

— Doug ? Je croyais que tu...

Il se jeta sur elle. Lui passa la ceinture autour du cou. La tira vivement hors de la maison. Serra, serra et serra encore. Prise par surprise, elle n'eut pas le temps de résister.

Il la sentit s'affaisser. Il murmura :

— Mon Dieu, oui, oui.

... Et c'est alors que les lumières s'allumèrent dans la villa. Un orchestre de mariachis se mit à jouer. Des gens crièrent :

— Surprise ! Surprise !

Haletant, Douglas leva les yeux, et se trouva face aux flashes et à un Caméscope. Les cris de joie furent interrompus net par un hurlement de femme. Il lâcha Donna et fixa sans comprendre le vestibule et le séjour. Là, il vit une vingtaine de personnes rassemblées sous une banderole proclamant : « Joyeux anniversaire, Dougie ! » Il distingua les visages horrifiés de ses frères, de leurs femmes et de leurs enfants, ceux de ses propres enfants, de ses parents, d'une de ses ex-femmes. Parmi les invités, ses collègues et sa secrétaire. Le chef de la police. Le maire.

« Qu'est-ce qui se passe ? se demanda-t-il. C'est une plaisanterie, Donna ? »

Et, sur ces entrefaites, il aperçut Michael qui sortait de la cuisine, un gâteau d'anniversaire dans les mains. Michael qui disait :

« Tu as vu, Donna, pour la surprise, c'est réussi. Pauvre Doug. J'espère que son cœur… »

A la vue de son frère et de sa femme, il se figea.

« Merde, songea Douglas. Qu'est-ce que j'ai fait ? »

Telle était la question qui allait le poursuivre jusqu'à la fin de ses jours.

COLLECTION « NOIR » CHEZ POCKET

William Bayer
Punis-moi par des baisers

Andrea Camilleri
Chien de faïence
La forme de l'eau

Christopher Carter
Le cheval du crime
Le dernier crime d'Agatha Christie
Qui a tué Toutankhamon ?

Raymond Chandler
Nouvelles (2 tomes)

Martin Cruz Smith
Blues pour un Tsigane
Requiem pour un Tsigane

Arthur Conan Doyle
Les aventures de Sherlock Holmes
Le chien des Baskerville

Loren D. Eastleman
Le pro

Evanovich Janet
À la une, à la deux, à la mort
Deux fois n'est pas coutume
La Prime

Frances Fyfield
Ombres chinoises
Sommeil de mort
Un cas de conscience
Le fantôme de la plage

Mark Frost
La liste des sept
Les six messies

Elizabeth George
Enquête dans le brouillard
Cérémonies barbares
Le lieu du crime
Une douce vengeance
Pour solde de tout compte
Mal d'enfant
Un goût de cendres
Le visage de l'ennemi
Le meurtre de la falaise
Une patience d'ange

Giovanni José
Le prince sans étoile

Sue Grafton
“ A ” comme Alibi
“ B ” comme Brûlée
“ C ” comme Cadavre
“ D ” comme Dérapage
“ E ” comme Explosif
“ F ” comme Fugitif
“ G ” comme Gibier
“ H ” comme Homicide
“ I ” comme Innocent
“ J ” comme Jugement
“ K ” comme Killer
“ L ” comme Lequel
“ M ” comme Machination
“ N ” comme Nausée
“ O ” comme Oubli

Martha Grimes
L'auberge de Jérusalem
Le vilain petit canard
Le crime de Mayfair
Les cloches de Whitechapel
L'énigme de Rackmoor
La jetée sous la lune
Le mystère de Tarn House
L'affaire de Salisbury
La nuit des chasseurs
Les mots qui tuent
Meurtre sur la lande

Patricia Highsmith
L'art du suspense

Alfred Hitchcock
Histoires terrifiantes
Histoires épouvantables
Histoires abominables
Histoires à lire toutes portes closes
Histoires à lire toutes lumières allumées

Histoires à ne pas fermer l'œil de la nuit
Histoires à déconseiller aux grands nerveux
Histoires préférées du maître ès crimes
Histoires sidérantes
Histoires à claquer des dents
Histoires qui riment avec crime
Histoires à donner le frisson
Histoires à lire avec précaution
Histoires drôlement inquiétantes
Histoires percutantes
Histoires à faire froid dans le dos
Histoires à donner des sueurs froides
Histoires à vous glacer le sang
Histoires à suspense
Histoires à frémir debout
Histoires à vous faire dresser les cheveux sur la tête
Histoires renversantes
Histoires qui font tilt
Histoires à faire pâlir la nuit
Histoires noires pour nuits blanches
Histoires à vous mettre K.-O.
Histoires diaboliques
Histoires fascinantes
Histoires qui virent au noir
Histoires à vous couper le souffle
Histoires à faire peur
Histoires ténébreuses
Histoires à lire et à pâlir
Histoires ciblées
Histoires à rendre tout chose
Histoires en rouge et noir

EVAN HUNTER
Conversations criminelles

WILLIAM IRISH
Concerto pour l'étrangleur
Lady Fantôme
Nouvelles (2 tomes)

SUSAN ISAACS
Ce cher disparu
Lily White

LIVRE NOIR DU CRIME
Place d'Italie

ED MCBAIN
Downtown

CAROL O'CONNELL
Meurtres à Gramercy Park
L'homme qui mentait aux femmes
L'assassin n'aime pas la critique
Les larmes de l'ange

JEFFERSON PARKER
Un été d'enfer

SANDRA SCOPPETTONE
Tout ce qui est à toi...
Je te quitterai toujours
Toi, ma douce introuvable

LISA SEE
La mort scarabée

GEORGES SIMENON
L'affaire Saint-Fiacre
L'amie de Madame Maigret
L'âne rouge
Les anneaux de Bicêtre
Au bout du rouleau
Au rendez-vous des Terre-Neuvas
Les autres
Betty
La boule noire
La chambre bleue
Le chat
Chez les Flamands
Le chien jaune
Les complices
La danseuse du Gai-Moulin
Le destin de Malou
L'écluse numéro un
En cas de malheur
Les fantômes du chapelier
Les fiançailles de Monsieur Hire
Le fond de la bouteille
Le fou de Bergerac
La fuite de Monsieur Monde
Les gens d'en face
Le Haut-Mal
L'homme au petit chien
L'homme de Londres
Liberty Bar
Maigret
Maigret et les braves gens

Maigret au Picratt's
Maigret s'amuse
Maigret et le voleur paresseux
Maigret et la grande perche
Maigret et le corps sans tête
La maison du canal
Marie qui louche
Mémoires intimes
Monsieur Gallet décédé
La mort d'Auguste
La mort de Belle
La nuit du carrefour
L'ombre chinoise
Le passager clandestin
Le passager du Polarlys
Pedigree
Le petit saint
Le pendu de Saint-Phollien
Pietr-le-Letton
Le port des brumes
La porte
Le président
La rue aux trois poussins
Strip-tease
Tante Jeanne
Les témoins
Le train
Les treize coupables
Les treize énigmes
Les treize mystères
Un nouveau dans la ville
Une confidence de Maigret
Un crime en Hollande
Une vie comme neuve
Le veuf
La vieille

THIERY DANIELLE

Mises à mort

JACK VANCE

Lily street
Méchante fille

MINETTE WALTERS

Chambre froide
Cuisine sanglante
La muselière
Lumière noire
Résonances...
Lame de fond
Ni chaud ni froid

MARIANNE WESSON

Habeas corpus
La morte n'en saura rien

DAVID WILTSE

Terreur noire
Terreur blanche

Imprimé en France sur Presse Offset par

BRODARD & TAUPIN

GROUPE CPI

12284 – La Flèche (Sarthe), le 18-04-2002
Dépôt légal : mai 2002

POCKET – 12, avenue d'Italie - 75627 Paris cedex 13
Tél. : 01.44.16.05.00